KB057742

용산에서의 독백

걸어본다 01 | 용산

지나치게
산문적인
거리

ⓒ 이광호 2014

초판 1쇄 인쇄 2014년 5월 28일
초판 1쇄 발행 2014년 6월 10일

지은이 / 이광호
펴낸이 / 강병선
편집인 / 김민정
편집 / 강윤정 이경록
디자인 / 한혜진
일러스트 / 조성흠
마케팅 / 정민호 나해진 이동엽 김철민 조영은
온라인마케팅 / 김희숙 김상만 한수진 이천희
제작 / 강신은 김동욱 임현식
제작처 / 영신사
펴낸곳 / (주)문학동네
임프린트 / 난다
출판등록 / 1993년 10월 22일 제406-2003-000045호
주소 / 413-120 경기도 파주시 회동길 210
전자우편 / nanda@nate.com / 트위터 : @nandabook
문의전화 / 031-955-2656(편집) 031-955-8890(마케팅) 031-955-8855(팩스)
문학동네카페 / http://cafe.naver.com/mhdn

ISBN 978-89-546-2492-3 03810

www.munhak.com

이광호 에세이

지나치게
산문적인
거리

걸어본다
01
용산

ㄴㄴ > < ㄷㄴ

contents

3부 침묵의 상속자들

preface

얼굴 없는 산책의 흔적

이 책은 친절한 여행 안내서도 아니고 글쓴이의 얼굴이 오롯이 드러나는 수필도 아니며 소설이나 시라는 이름의 문학은 더더욱 아닐 것이다. 여행기에도 지리학에도 환경사회학에도 미치지 못하며 자전적인 에세이에도 미달하는 글쓰기. 이 책은 용산이라는 장소의 특정성에 글쓰는 산책자인 '나'라는 익명의 실존이 돌아다닌 흔적이다. 목적 없는 산책은 이 도시의 공간과 리듬에 대한 저항이며 동시에 탐미이다. 이야기가 있어야 할 자리에는 무심한 걸음걸이의 동선, 장소와 이미지 들의 우연한 대면만이 있다. 장소에 대한 정보들은 '너'라는 부재를 향한 일인칭의 독백, 장소를 둘러싼 감각의 파편들과 어색하게 동거하게 되었다. 전달해야 할 정보들과 말할 수 없는 것을 말하려는 침묵의 언어 사이의 감당할 수 없는 흔들림 때문에 이렇게 이상한 독백이 생겨났다. 이런 얼굴 없는 글쓰기를 '익명적인 에세이'라고 부르려 했다.

왜 하필 '용산'이어야 했나? 나날의 삶을 통해 잘 알고 있는 지역이기 때문이겠지만, 용산이라는 모더니티의 참혹함과 혼종성에 이끌렸을 것이다. 용산의 순결할 수 없는 시간과 장소 들은 사회적인 시간과 신체의 감각이 만나는 계기가 되었다. 서울이라는 도시에 대해 이상하게 생각하는 것 중의 하나는 먼 과거의 것들을 보존하려는 당위와 노력에 비해 가까운 과거인 근대의 기억들은 잊으려 한다는 것이다. '민족 이야기'에 대한 동경과 '식민지 근대'에 대한 불편함이 이런 자발적인 망각을 낳게 했을 것이나, 서울 중심부의 거대한 땅에 아직도 외국 군대가 주둔하고 있는 엄연한 사실은 그 망각의 이유가 동시대적인 요인을 갖고 있음을 짐작하게 한다. 용산은 애써 지우고 싶은 식민과 이식의 역사와 모욕과 단절의 시간이 폭력적인 개발을 호출하는 기이한 장소이다. 불균등한 시간들이 어지럽게 교차하면서 일상적 우울과 권태와 뒤섞일 때, 용산의 '과도한 산문성'이 만들어진다. '비동시성의 동시성'을 구성하는 여러 겹의 '식민의 시간'이 여전히 현재의 삶을 규정하고 있다면, 참담하고 역동적인 모더니티의 장소로서의 용산은 다시 성찰의 대상이 될 만하다.

이 책은 장소에 대한 글쓰기를 시도한 것이며 시간에 대한 글쓰기를 시도했던 『사랑의 미래』와 대칭을 이룰 것이다. 한국문학 연구자로서는 『도시인의 탄생』과 준비중인 책 『시선의 문학사』와도 연관되어 있겠다. '주체'가 하나의 장소라고 한다면 어떤 시간과 공간에 육체가 머물며 어떤 시선의 위치를 갖는가 하는 것은 (근대적) 주체를 구성하는 중요한 요소이다.

용산의 역사에 대해 무지했기 때문에 걷는 것만으로는 이 장소에 대한 턱없이 부족한 공부를 채울 수 없다는 것을 알았다. 여러 사전류와 기사, 리포트를 비롯한 다양한 종류의 자료들을 참고했으며 『보이는 용산 보이지 않는 용산』(양승우·김한배·조경진 외, 마티, 2012), 『서울 에세이』(강홍빈·주명덕, 열화당, 2002), 『서울에서 서울을 찾는다』(홍성태, 궁리, 2004), '서울 만보기'(홍성태, 미디어스 연재, 2013. 7~), 『인공낙원─현대 도시문화에 대한 성찰』(정윤수, 궁리, 2011) 등에서 서울과 용산의 역사에 관해서 많은 도움을 받았음을 밝힌다.

여기 실린 사진들은 글쓴이의 휴대폰으로 촬영되었다. '폰카'는 목적 없는 산책자에게 어울리는 사치품이다. 이 사진들은 좋은 해상도로 공간을 재현하는 것이 아니라 시간의 흐름을 바꾸려는 무감한 시선의 결과물이다. 허술한 사진들과 낙서에 불과한 지도가 공들인 북디자인을 통해 다시 태어나게 된 것은 전적으로 책을 만들어준 여러분들의 덕분이다. 이 책의 물질적 완성도에서 이 글쓰기가 차지하는 몫은 보잘것없다. 책의 미래를 향한 '난다'의 열정에 감사한다.

원고를 정리하는 중에 너무 많은 생명들이 어처구니없는 참사를 당했다. 용산과 세월호 사이의 서로를 마주보는 비극의 연대기와 '국가'의 참혹함에 대해 다시 생각해야만 했다. 무력감과 죄의식은 오래고 익숙한 것이나, 한 시대의 애도는 한 개인의 애도를 다시 생각하게 만든다. 어떤 글쓰기는 피할 수 없이 애도의 제의가 될 수밖에 없다. 예정된 망각과 마비와 자기기만으로부터 끈질긴 애도를 지키는 것은 문학적인 동시에 정치적인 기다림의 문제이다.

　이 글쓰기가 문학 제도와 지식 영역의 관습과 경계에 미세한 균열을 만들 수 있기를 바란다. 비애의 상투성에 저항하고 그것의 단독성과 개별성을 보존하는 것을 문학적 글쓰기라고 생각해왔다. 글쓰기는 삶의 기록이 아니라, 삶의 외부를 향하는 움직임이 만들어내는 긴장과 침묵의 문제이다. 그럼에도 불구하고 이 책의 곳곳에 부끄럽게 산재해 있을 끈질긴 자기 연민 때문에 오래 참담할 것이다.

　호명하는 것조차 미안한, 가깝고 먼 곳의 이름들에게, 염치없는 고마움을 전한다. 안부를 물을 수 없는 세계에 속한 '당신들'에게 이 책으로 내 남루한 안부를 대신한다.

2014년 5월

이광호

prologue

모든 장소는 시간의 이름이다

강물에 던져진 돌이 수면에 닿으면 물을 튕기고 그 순간부터 다른 속도로 가라앉는다. 스스로 가라앉는 시간을 음미하는 것처럼. 가라앉는 것을 피할 수는 없다. 바닥에 닿는 시간이 조금 미루어진다. 바닥에 대한 예감만으로의 시간. 검은 돌의 시간. 오랫동안 세상의 적의보다 내 삶의 무방비와 부주의에 대해 경멸해왔다.

내 안의 부재가, 나와 너의 부재가 이곳으로 나를 데려왔다.

어떤 장소는 기억 너머에 있고, 어떤 장소는 기억 이전에 있다. 영감을 주는 특별한 장소 같은 것이 있다고 믿기 힘들다. 가보지 못한 장소와 지나친 장소, 차마 지나치지 못한 장소가 있을 뿐이다. 멀리서 보면 장소는 무심하고 자명하며, 가까이서 보면 장소는 비밀스럽고 남루하다. 생의 매 순간 우울과 설렘 속에 자리잡은 특별한 장소가 있을 것이다. 평범한 장소가 문득 지울 수 없는 뉘앙스로 마음에 새겨질 수 있다. 익숙한 풍경이 낯선 시선 속에서 특별한 장소로 전환되는 그런 순간. 하지만 그 순간이 얼마나 지속될 수 있으며, 그 순간에 대한 기억은 어떻게 보존될 수 있을까? 무감한 시간들을 견딜 수 있는 고유한 장소가 남아 있을까?

이곳을 선택하게 된 것은 이 도시의 지도를 오래 들여다본 이후였다. 가고 싶은 곳, 살고 싶은 곳이 따로 있는 것이 아니라 가고 싶지 않은 곳, 차마 그곳에서 살 수 없는 곳들이 있었다. 이 도시의 어디를 둘러보아도 사소한 통증이 없이 떠올릴 수 있는 지명은 많지 않았다. 지명들은 오래된 회한과 단념을 떠올리게 만들었다. 이런 곳들을 지워나가는 과정에서 이곳이 눈에 들어왔다. 유리한 교통 환경을 갖고 있었고 기념관과 산책로가 있었으며, 그리고 어느 곳에서도 아주 멀지 않았다. 집세가 부담스러웠지만 이 도시의 다른 곳에서도 어쩔 수 없을 거라고 생각했다. 어느 곳에서도 멀지 않지만 아무도 아는 사람이 없었으며, 이방의 느낌이 강하게 스며들어 있는 곳. 여기서 형언할 수 없었던 시간들로부터 잠시 나를 숨길 수도 있을지 몰랐다. 지친 듯한 리듬과 절단된 세계의 풍경. 창백한 햇빛 아래 수십 년 전의 먼지들이 건물들 사이로 흩날리는 거리. 낡은 구름에 짓눌린 새들처럼 내게 완전히 무관심할 것 같은 거리. 이곳에서 얼마간의 생을 견딜 수 있으리라는 예감이 찾아왔다. 겨울 저녁 한강 쪽에서 불어오는 바람의 냄새를 맡고는 내일의 날씨를 짐작하는 토박이처럼, 오래고 질긴 비애가 골목 안으로 스며들고 있다는 것을 알게 될지도 모른다. 어쩌면 익숙하고 평온한 얼굴이 되어.

모든 장소는 시간의 이름이다. 모든 장소는 너의 이름이다.

장소는 시간을 앞지르지 못한다. 장소는 시간의 몸을 입고 있으며 내
밀한 이야기를 품고 있다. 장소를 둘러싼 이야기는 완전히 드러날 수 없
으며 이해받을 수도 없다. 장소의 의미가 타오르던 극적인 순간은 결국
사라진다. 어떤 호명에 의해서도 장소의 의미가 온전히 드러나지 않는
다는 측면에서, 장소는 이름으로부터 초연하다. 하나의 고독한 시선이
장소를 발견했다고 해도 장소는 그의 고독을 완성해주지 않는다. 장소
는 시선보다 절대적인 고독 속에 있다. 장소는 온전히 과거에 속해 있는
것도 아니며 미래에 대한 예감에도 있지 않다. 장소는 위태로운 기억과
망각, 기다림의 순간 속에 명멸한다. 장소에 대한 글쓰기는 장소를 소유
할 수도 장소에 스며들 수도 없다는 측면에서 무기력하다. 글쓰기는 다
만 장소의 고독에 최선을 다해 응답하는 하나의 가능성일 뿐이다. 그리
고 가장 치명적인 장소는 아직, 끝내, 글쓰기의 대상이 되지 못한다.

장소는 고체로 만들어진 침묵이다. 글쓰는 자의 최후의 목표는 침묵
을, 그 장소의 침묵을, 혹은 너의 침묵을 표현하는 것이다.

이 거리에는 오래된 철길이 있다. 용산역과 서울역 사이의 철길은 사
람을 실어나르지만 그것은 분할의 경계선이기도 하다. 이를테면 한때
일본군 주둔지였던 효창공원과 해방 이후의 미군 부대와 이태원의 경계
선 같은 것. 이 철길은 두 개의 순결할 수 없는 시간들을 가로지른다. 좀

더 조용하고 좋은 집을 구하기 위해 그 철길의 동쪽과 서쪽을 건너다니다보면, 어느 순간 보이게 된다. 철길이 나누고 있는 것이 무엇인지를. 건널 수 있는 장소들과 건널 수 없는 시간들 사이에서 내가 서 있다는 무서운 진실.

용산이라는 공간을 나누고 있는 것이 철길만은 아니다. 이를테면 미군 부대의 길고 높은 담과 기념관과 박물관 같은 거대한 건축물들, 마술처럼 무서운 속도로 올라가는 주상복합건물들은 공간의 안과 바깥에 전혀 다른 시간이 흐르게 한다. 하나의 공간에 여러 층위의 시간들이 흐르는 곳. 여기 식민의 역사는 오래되었다. 한때 한강 유역의 기름진 평원이라는 뜻의 '부원현富原縣'이었던 이곳은, 남산의 줄기 모양이 용과 같다고 해서 용산이라는 이름이 되었고, 풍수적인 명승지였고 교통의 중심이었다. 거슬러올라가면 13세기 고려 말 한반도를 침입한 몽고군이 용산의 동쪽 아래 들판을 병참기지로 활용했으며, 임진왜란 때는 원효로와 청파동이 일본군의 주둔지였고, 개항 이후에는 근대 문물이 수입되는 통로가 되었다. 이 지역에 일본인들과 중국인들과 서구인들이 들어와 상업 활동과 선교 활동을 전개했다.

1882년 임오군란 때는 청나라 군대가 주둔했으며, 청일전쟁 이후 효창공원 부근에 일본인 군부대가 자리잡고 일본인 마을이 형성되기 시작했다. 1900년 서계동에서 원효로에 이르는 전차의 개통은 이 지역을 근대 문물의 최전선이 되게 했다. 일본은 이 지역에 철도기지와 군사기지를 세웠다. 일본군의 주둔지는 해방 이후 60여 년이 넘게 다시 미군의 주 둔지가 되었다. 이 지역은 근대 초기의 제국주의의 각축장이었고, 일본 의 반도 침략의 통로였으며, 150년간 외세가 주둔한 군사 지역이었다. 덕분에 이 지역은 참혹하고도 유서 깊은 근대 이후의 '국제적인 장소'가 되었다. 해방 이후 개발의 광풍을 피해간 것은 더 강력한 외부의 힘이 이 곳을 선점했기 때문이었다. 일본에 의해 주도된 것이 강제된 근대화라 면, 미국에 의해서는 60년간 근대화를 정지시키고 진공의 공간을 남겨 두는 사태가 벌어졌다. 역설적으로 강제된 근대화는 또다른 근대화를 지연시켰고, 근대화의 강제된 정지는 또다른 급속한 개발을 불러오게 만들었다. 150년의 순결할 수 없는 시간들은 이 거리의 지층에서 보이 지 않는 나이테를 만들었다.

용산의 한구석이 은둔하기 좋은 곳일 수 있다고 생각한 것은 이 공간 이 장소와 시간을 가차없이 나누는 방식 때문이었다. 함께하기 힘든 것 들이 여러 겹의 경계선들을 사이에 두고 이웃하는 공간. 철길 저편에서 어떤 시간이 흐르는지를 알 수 없는 곳. 담 너머에서 무슨 일이 일어나는 지를 알지 못하는 곳. 아무도 이 장소들 전체를 자유롭게 넘나들며 완전 하게 체험하고 이해할 수 없는 곳. 담과 건물과 길을 사이에 두고 벌어지 는 기이한 단절과 시간의 고립은 여기 오래된 삶의 방식이다.

단절과 망각의 형식. 이곳은 또한 망각의 도시다. 이 도시에서 무슨 일 이 일어났는지 거리와 거리를 오가는 무감한 발걸음들은 알지 못한다.

효창공원과 이태원과 남일당에 이르기까지 장소의 기억을 소환하는 일은 무언가를 걸어야 하는 일이다. 이곳에서는 그 기억들을 지우기 위한 모든 가능한 일들이 벌어진다. 거리의 무기력한 풍경과 빌딩들의 부주의한 스카이라인과 작고 초라한 가게들과 골목 안의 오래된 그림자는 눈을 감았다 뜨면 마법처럼 달라진다. 거대한 담이 사라지거나 누추한 집들이 매끈한 콘크리트로 뒤덮이거나, 지우고 싶은 장소들은 텅 빈 공간이 되어버릴 것이다. 기억으로부터 필사적으로 도망치려는 이 현기증나는 속도들. 시간은 절대 머뭇거리지 않으며 장소는 침묵하고 망각은 사람의 일이다. 그들의 기억이거나, 너의 기억이거나, 나의 기억이거나, 혹은 우리의 기억이거나. 살아 있다는 것은 기억이 남아 있거나 혹은 기억이 사라져간다는 것. 기억은 완전할 수 없기 때문에 언제나 미지의 가능성이다.

참혹한 기억이 생생해서 아침햇살이 지옥처럼 느껴질 때도 있지만, 황홀했던 시간의 세부조차 기억하지 못하고 늙어가는 것이 문득 두려워질 것이다. 기억은 나의 시간에서 빠져나와 너의 미래로 흘러간다.

철길 옆에 살게 되었을 때, 기차의 소음은 집에서는 들리지 않았다. 집으로 가기 위해 지하철역에서 철길 위로 고가를 따라 있는 긴 육교를 건너갈 때, 소실점을 향해 사라지는 굽은 철로들을 아래로 보게 된다. 몇 개의 궤도로 얽힌 철길들의 오래 녹슨 무지함. 그 철길이 향하는 좀더 먼데를 보게 된다. 좀더 먼 곳, 여러 갈래의 철길이 결국 사라져버리는 곳.

지금 이곳은 기차가 바람을 밀고 스쳐지나가는 사소한 한 지점에 불과하며, 철길이 사라지는 그곳에 대한 끝 모르는 기다림을 닮는다. 삶이 이름도 없는 기다림이 된다.

나는 기다림 이전에 있고, 너는 기다림 너머에 있다. 기다림을 넘지 않으면 너에게 갈 수 없다.

1부

—

오래된 망각

동선

삼각지 사거리(서쪽)
↓
삼각지 고가
↓
오리온 제과
↓
효창공원
↓
남영역
↓
청파동
↓
용산전자상가
↓
용산역
↓
서부이촌동
↓
한강철교

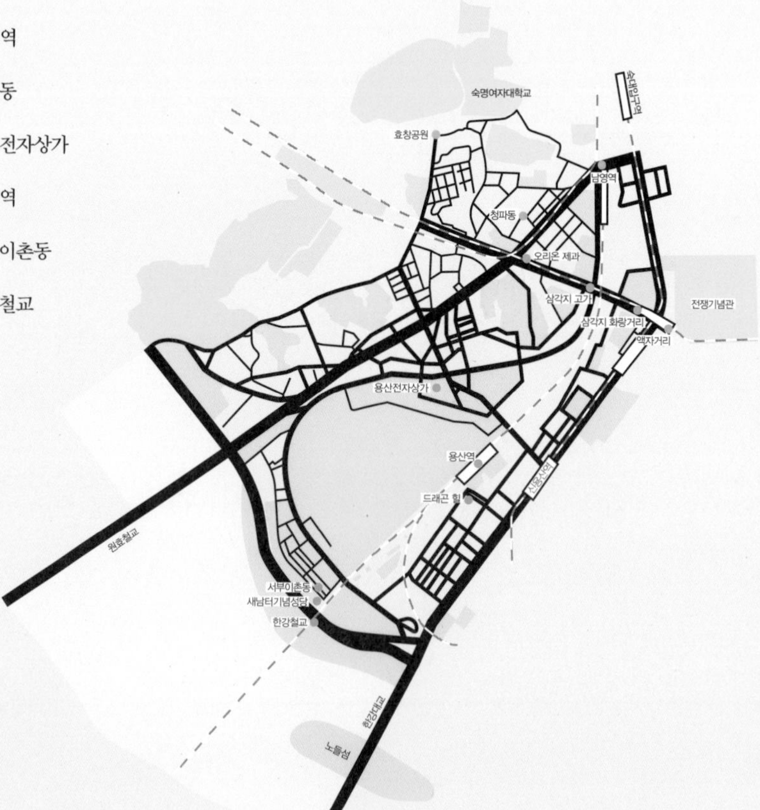

숙명여자대학교

숙대입구역

효창공원

남영역

청파동

오리온 제과

삼각지 고가

삼각지 화랑거리

백자거리

전쟁기념관

용산전자상가

용산역

신용산역

드래곤 힐

서부이촌동
새남터기념성당

한강철교

원효철교

한강대교

노들섬

입체교차로가 있던 자리

　용산의 한가운데 삼각지 서울시 용산구 한강로 1가라는 이름은 서른을 넘기지 못하고 생을 등진 가수의 노래를 통해 많이 알려졌다. 그의 노래가 대중에게 알려지게 된 것은 1967년 이 지역에 입체교차로가 세워진 후였다. 이 입체교차로는 27년 동안 이 자리에 서 있다가 1994년 헐리게 된다. 이 나라의 개발의 연대기를 관통하는 이 기간은 요절한 가수의 생의 개수와 비슷하다. 교차로가 완공되었던 날의 흑백필름 속에는 그 시대의 독재자와 그의 부인이 테이프를 자르고 있었다. 27년이란 시간을 짧거나 혹은 길다고 말할 수 있을까? 모든 시간의 주기는 개인의 차원에서는 지나치게 짧거나 지나치게 긴 것이다. 주관적인 차원을 벗어나면 그 주기들은 마치 피할 수 없는 객관성이 있는 것처럼 보이기도 한다. 그 고가가 서 있던 27년의 시간을 상상하는 것은 부질없다. 지방 대도시에서 부모를 따라 서울에 올라온 것은 1974년이었고 아마 어쩌면 그 입체교차로를 경이에 가득찬 눈으로 경험했을 수도 있겠다. 하지만 그곳에 대한 어떤 미세한 기억도 남아 있지 않다. 이 거리를 상징하던 건축물이 흔적 없이 사라져버린 것처럼. 거대한 입체교차로는 이 거리의 보도블록의 작은 얼룩처럼 처음부터 사라질 수밖에 없는 것이 아니었을까? 이 지나치게 산문적인 거리 속에서.

배호1942~1971라는 가수의 노래를 특별히 좋아한 적은 없다. 그가 데뷔한 해는 내가 태어난 해와 일치했지만, 이런 우연에 의미를 부여할 필요는 없다. 그는 60년대의 가장 강렬한 이미지 중 하나이다. 그의 음색은 20대의 나이에 어울리는 청아함과 20대의 나이에 전혀 어울리지 않는 묵직한 울분을 동시에 드리우고 있으며, 저음은 그토록 깊고 현란했다. 그의 목소리에는 어떤 오래되고 낡은 퇴폐와 멜랑콜리가 깔려 있다. 〈돌아가는 삼각지〉라는 노래는 삼각지 입체교차로가 세워진 그해 1967년에 발표되었고, 그후 가수는 몇 년 동안 절정의 대중적 인기를 누리다가 1971년 지병이 악화되어 11월 만 29세의 나이로 세상을 떠났다. 신화가 될 수밖에 없는 지나치게 짧은 생. 삼각지 사거리 국방부 방향에 세워진 노래비나, 삼각지역 안에 설치된 그의 동상은 그 짧은 생의 부산물이다.

"남몰래 찾아왔다 돌아가는 삼각지"

익숙한 가사는 가수의 짧고 깊은 호흡과 바닥에서 끓어오르는 처절한 보컬 때문에 고유한 소리의 질감을 갖게 된다. 미8군 밴드 출신의 트로트 가수라는 조합이 만드는 전형적인 60년대의 이미지. 삼각지는 미8군

의 주둔지 앞에 있고 그곳이 한국 가수들의 중요한 진출 무대였다. 광복
군 장교였던 가수의 아버지가 해방 후 광복군이 해산되자 폭음을 일삼
아 일찍 돌아갔다는 가족사의 불우 같은 것들. 혹은 그 가수가 앓았던 신
장염이라는 질병, 언젠가 본 그 가수의 사진, 조금 부어오른 듯한 창백한
얼굴과 입술을 삐딱하게 일그러뜨린 어색한 웃음.

　노래를 남기고 돌아간다는 것은 친절하고도 가혹한 일이다. 노래는
그의 부재를 확인시켜주는 동시에, 그가 '부재의 방식'으로 존재하고 있
다는 느낌을 준다. 노래는 침묵의 언어, 너의 또다른 침묵이다.

　삼각지라는 지명은 이 거리의 형태나 길의 갈래를 의미하는 것일 수
있으며, 그 기원을 찾는 일은 일그러진 근대의 흔적을 찾는 일이 된다.
이곳은 근대 초기부터 교통의 중요한 요충지였음을 짐작할 수 있다. 처
음 세 들어 살 집을 구하기 위해 여기를 찾았을 때 눈에 들어온 것은 이
질적인 것들을 한곳에 집약시켜놓은 듯하다는 느낌이었다. 삼각지라는
이미지와는 달리 이곳은 네거리로 형성되어 있었다. 이름이 주는 선입
관과 사거리의 모양이 완전히 일치하지 않는 것이 오히려 이 거리에 어
울렸다. 그 네거리의 모퉁이에는 전혀 다른 스타일의 건물들이 자리잡
고 있었다. 깊이가 사라진 풍경, 매력을 뿜어내지 않는 건물들은 사람을
받아들이기 위해서가 아니라, 이 거리의 오래된 혼란과 망각을 견디기
위해 거기에 서 있다.

동쪽에서 뻗어온 길은 삼각지 고가를 타고 넘어가고, 고가는 용산역과 서울역 사이의 오래된 철길을 가로질러 서 있다. 삼각지의 모퉁이들은 각기 다른 시간을 담고 있다. 네거리의 동쪽 방향으로는 오래된 식당들과 술집들이 있고 그 옆에는 이 나라의 국방부 건물이 자리잡고 있다. 좁은 대구탕 골목은 국방부에서 근무하는 군인들과 무채색의 옷을 껴입은 중년 남자들로 붐볐지만, 국방부의 높은 담 위로 솟아난 벚나무들은 봄이면 더할 나위 없이 찬란한 꽃잎들을 길 위로 날려보낸다. 삼각지 고가 입구를 사이에 두고 한쪽은 개발 붐을 등에 업은 거대 기업의 최신 주상복합 건물이 솟아올라 있고, 건너편은 낡은 가게와 골목 들과 재개발을 앞둔 것 같은 쇠락한 공간들이 흔적처럼 남아 있다. 그 골목들은 부서져내릴 것 같은 담과 그 담 가운데 뒷문처럼 자리잡은 초라한 출입구와 그 옆에 놓인 버려진 화분들을 품고 있었다. 한때 푸른 식물이 뿌리를 내렸으나 이제는 푸석한 흙만을 채우고 있는 빈 화분들만큼 이 골목들의 이미지를 정확하게 압축하는 것은 없다. 이곳으로 이사 온 뒤 무언가를 키우는 일의 평범한 위로를 포기할 수 없어 작은 화분을 사들인 적이 있다. 죽은 식물을 화분에서 뽑아내고 새로운 식물을 옮겨 심는 일이 반복될 때마다, 생명의 사소함과 죽음의 평범함에 대해 무감해졌다.

삼각지 쪽에서 철길을 가로질러 집 쪽으로 나아가기 위해서는 삼각지 고가로 올라가는 위태로운 육교를 올라야 한다. 육교는 고가를 따라 건너가야 하기 때문에 지루할 만큼 길었고, 계단은 공사로 인해 위태로울 때도 있었다. 허공을 향해 올라가는 것 같은 가파른 계단. 그런 위태로운 육교를 걸어간 적이 있을 것이다. 그 시간이 얼마나 위태로웠는지 오랜 후에 알게 된다. 매 순간의 위태로움에 대해 알지 못하다가, 어느 날 내게 들이닥쳤던 위험한 시간들을 한꺼번에 마주하게 될 때.

어떤 예감에도 불구하고 한 치 앞도 알 수 없다는 측면에서 삶은 매 순간 재앙이다. 삶에 대한 전지적 관점이란 오만이거나 기만이다. 너에게 할 수 없는 말들이 마음속에서 저 혼자 죽어갔다.

육교의 한쪽 거리에는 무너져내리는 지붕들이 있고, 그 지붕 사이에는 '사랑의 치유센터'라로 쓰인 정체불명의 교회 간판이 있다. 이 우스꽝스러운 간판을 쳐다보며 육교를 걸어올라갈 때, 그건 일종의 허술한 유머처럼 보이는 것이다. 유머란 우연한 사건에 불과하니까. 아쉽게도 육교를 수없이 건너가면서 한순간도 '치유'를 경험한 적은 없다. 육교를 건너가면 다리 바로 아래 두 개의 밥집이 나란히 있다. 걸쭉한 육개장 국물에 칼국수를 함께 내어주는 식당과 허름하고 평범하며 손님이 많지 않은 백반집. 백반집은 친절하지도 깔끔하지도 않았지만, 그래서 가끔 사소한 낭패감을 느낄 때도 있었지만, 고가 아래의 밥집으로는 잘 어울렸다. 옆에 있는 문배동 육칼서울시 용산구 백범로 90길 50이라는 식당으로는 이 거리의 오래된 제과 회사의 직원들이 점심이면 쏟아져나와 그 걸쭉한 국물을 먹기 위해 줄을 선다. 마치 그 맵고 자극적인 국물이 일과에 대한 위로와 보상이 되는 것처럼. 그 제과 회사 오리온서울시 용산구 백범로 90다길 13은 이 나라에서 가장 유명한 '초코파이'를 만드는 곳이다. 그 과자가

'정'을 전한다는 광고를 본 적이 있다. '말하지 않아도 알아요' 같은 너무 익숙한 광고 문구. 위로란 때로 어떤 마비를 의미한다.

철길의 바로 옆, 용산전자상가로 향하는 고가 밑에 위치한 이 유서 깊은 제과 회사는 앞면에서 보면 매끈한 모양새를 갖고 있고 회사의 임원들이 타고 다닐 법한 고급 승용차들이 나란히 세워져 있다. 뒷면은 근대화 시기의 온갖 이미지들을 축약한 듯한 이미지를 보여주며, 옆에 붙어 있는 이 회사의 또다른 건물은 근대 초기 것처럼 낡아 있다. 1930년대부터 시작된 이 제과 회사는 1974년 저 유명한 초코파이를 생산하면서, 해외에 가장 많이 알려진 한국 과자를 생산하는 회사가 되었다. 멀고 가난한 나라의 사람들이 좋아한다는 과자. 오래된 철길 옆에 위치한 이 제과 회사의 존재가 다만 낭만적인 것은 아닐 것이다. 초코파이와 철길 사이에 있는 것은 어떤 따뜻한 이야기가 아니라, 그것들의 조합이 만드는 이 공간 특유의 겸연쩍음이다.

상냥한 아침 식당을 구한다는 것은 거의 불가능하다. 12시가 가까워오면 인기 있는 식당들에는 여럿이 식사를 하러 온 회사원들로 넘쳐난다. 12시 전에 식당의 테이블을 혼자 차지하고 있다가 좀더 일찍 점심을 먹기 위해 몰려들어오는 회사원들을 보면 자리를 비켜주어야 할 것 같은 생각 때문에 입안으로 밥을 더 빨리 쑤셔넣게 된다. 새로 세워진 주상복합 오피스텔 건물에는 국내 최대의 외식 체인점에서 운영하는 짬뽕집 같은 것이 입주해 있고, 그곳에도 점심이면 줄을 서야 한다. 식당의 준비가 끝나가고 회사원들이 들이닥치기 전 가장 적당한 일 인분의 식사 시간은 언제일까?

이 거리의 밥집에 대해 말해야 한다면, 이를테면 '기찻길 왕갈비' 같은 이름이 어울리겠지만, 네거리의 한강집서울시 용산구 백범로 400에 대해서도 말해야 한다. 생태탕과 목살, 자랑스럽게 단 두 가지의 메뉴만 있는 집. 언젠가 누군가와 마주앉았던 집. 한 냄비의 음식을 나누어 먹을 수 있는 날들의 온전한 따뜻함. 다시 그 집을 같은 얼굴로 찾아가기 위해서는 적지 않은 시간이 필요했을 것이다.

익숙한 무기력을 견디는 방식. 고요하고 작은 걸음걸이, 바람도 우울도 비껴가는 걸음걸이, 기계적이고 무심한 작업, 되도록 시간을 지키려는 일 인분의 식사 같은 것들.

3층 방의 창으로 보이는 것들. 창은 세상으로 열려 있지 않다. 창은 때로 거울처럼, 내 무표정한 얼굴을 들여다보고 있다. 그 창 너머에 작은 공원과 놀이터가 있다. 바람이 많은 날에는 나뭇가지에 걸린 검은 비닐봉투가 찢어진 깃발처럼 무력하게 펄럭거렸다. 창문을 열면 아이들의 웃음소리가 기습적으로 침입하는 날도 있다. 놀이터의 그네에는 밝은 날이면 어린아이들과 그들의 젊은 엄마가 나와 있기도 했고, 외국인 아이들이 놀고 있을 때도 있다. 백인과 아랍계와 한국 아이들이 어울려 놀고 있는 특별한 광경. 아이들은 순수하다기보다는 무심하며 다만 최선을 다해 놀고 있을 뿐이다. 이를테면 자기들이 방금 타고 놀았던 그네에서 몸이 빠져나왔을 때 아직 흔들리고 있는 그네의 움직임, 자기 몸 뒤에 남아 있는 시간들에 대해 무감할 수 있음에 대해. 저들이 결국 겪게 될 어긋난 시간, 그 몸 뒤의 시간을 결국 깨닫게 될 거라는 뼈아픈 상상.

놀이터의 뒤로는 삼각지 고가와 그 너머의 N서울타워가 비교적 가깝게 보인다. 이 도시의 거의 어디서나 타워가 보인다는 것이 신기했던 적이 있고, 가끔은 그것을 기준으로 대략의 방위를 짐작해보기도 했다. 타워 아래 번잡한 골목 사이에 직장이 있었던 적이 있다. 비좁은 카페와 분식집과 시끄러운 술집과 낡은 서점이 있던 골목, 4층의 옥탑방을 사무실처럼 사용했다. 옥탑방 사무실 앞 베란다에서는 타워가 바로 머리 위에 있는 것처럼 올려다보였다. 여름날 많은 비가 내리면 머리 위의 타워가 비에 젖는 모습을 오래 보았던 적이 있을 것이다. 그 시절의 허영과 부주의에 대해서는, 어떤 자기 연민도 허락하고 싶지 않을 때가 있다. 밤이면 타워는 파란빛과 붉은빛으로 반짝거렸다. 어느 날 며칠 동안 창에 보이는 타워의 한쪽에서만 큰 조명이 점멸했다. 고장이 났거나 이벤트일 수도 있었겠지만, 잠시 그걸 누군가의 신호일 수도 있다고 생각했다.

어떤 의미도 알 수 없는 익명적인 신호. 설사 네가 아니라 해도, 내용이 희박해서 조금 아름다운 우연.

기억의 전쟁터

| 효창공원

삼각지의 서쪽, 효창공원서울시 용산구 효창원로 177-18 효창원 일대 옆에 운동장이 있다는 것은 어색한 일이다. 이 장소의 역사는 용산의 순결하지 못한 시간들을 압축해놓은 듯하다. 조선 정조의 장자 문효세자의 묘소였던 이곳의 시련은 1894년 동학농민운동을 빌미로 일본군이 효창원의 솔밭에 주둔하면서 시작되었다. 1924년에 일제는 이곳을 효창공원으로 바꾸었고 1945년에는 문효세자의 묘를 다른 곳으로 옮겼다. 해방 후 김구의 주도로 독립투사들의 유해를 이곳에 안장했고, 이때 안중근 의사의 가묘를 나란히 세우게 된다. 1946년 우익 테러에 의해 살해된 김구 자신도 이곳에 묻히게 된다. 이곳에 운동장이 세워진 것은 '아세아축구대회'를 계기로 1959년부터 이승만 정권이 추진한 것이며, 이때 애국지사 묘소의 이장에 대한 격렬한 반대가 있었으며, 결국 묘소는 유지하고 운동장은 세워지는 결과를 빚었다. 효창운동장서울시 용산구 효창원로 177-15은 1960년 학생혁명이 일어난 그해, 15만 그루의 나무와 숲과 연못을 사라지게 하고

세워졌다. 운동장은 애국지사들의 무덤 옆에서 수없는 나무들의 죽음 위에서 건설되었다. 박정희 정권 시절에는 골프장 공사를 추진하기도 했으며, 반공투사 위령탑과 대한노인회 노인회관을 이곳에 세우기도 했다. 2000년대에 와서 백범김구기념관서울시 용산구 임정로 26이 이곳에 자리잡게 되었다. 18세기의 왕족의 묘소에서 출발한 이곳은, 200여 년 동안 외세와 집권 세력에 의해 끊임없이 그 장소의 의미를 두고 길고 긴 투쟁이 벌어진 곳이다. 장소의 의미를 둘러싼 싸움은 기억에 대한 투쟁이다. 역사의 승자들이 가장 먼저 하는 것은 기억을 다시 세우는 일이지만 억압된 기억은 긴 우회를 거쳐 언젠가 유령의 얼굴로 귀환한다.

이 공원과 운동장의 공존이 만드는 어색함은 겨울의 차가운 공기에 어울린다. 애국지사들의 혼을 기리는 장소와 개발 시대 운동장의 기이한 결합은 백범김구기념관과 기존의 노인회관의 어색한 결합만큼이나 겸연쩍은 것이다. 애국지사들의 영혼은 운동장의 함성 옆에서 정말 안식을 얻을 수 있는 것일까? 개발 시대의 운동장이 관제적인 축제의 장소, 불온성이 제거된 축제의 공간이라면, 망자들은 저 축제의 공간을 둘러싼 높은 담을 언제나 바라보고 있어야 한다. 기사식당이 모여 있는 거리를 지나 이 공원을 산책하다보면 가장 많이 만나는 것은 노인들이다. 두꺼운 파카에 털모자를 눌러쓴 노인들과 팔을 우스꽝스럽게 흔들며 운동하는 중년 여성들, 휠체어를 타고 생의 남은 시간들을 간신히 붙잡고 있는 노인들만큼 이 장소의 일부처럼 보이는 사람들은 없다. 노인회관이 이곳에 있다는 것을 상기하지 않더라도 이곳은 노인들에게 어울리는 장소이다. 노인들이 삶에 대해 갖고 있는 딱딱하게 굳어버린 확신이란 얼마나 뼈아픈 것인가? 그들은 그 확신을 모두 실현하기도 전에 믿고 있는 모든 것을 다시 조금씩 잊어버리게 될 것이다. 어떤 확신도 몸의 진실을 이기지 못한다. 나란히 서 있는 애국지사 묘역 가운데 하나인 안중근 의사의 가묘는 이곳의 겸연쩍음을 상징적으로 보여준다. 아직 유해를 안장하지 못하고 100년이 넘는 시간동안 텅 빈 묘소가 이곳에 세워져 있다. 죽음의 내용을 갖지 못한 채 죽음의 의미를 둘러싼 오랜 기다림이 묻힌 곳. 이를테면 아직 살아 있는 사람들이 자신 안에 세우는 가묘 같은 것들.

자신보다 오래 살 것이라고 믿었던 어머니가 먼저 돌아갔을 때, 아버지는 부모의 묘 아래 어머니를 묻으면서 자신의 묏자리를 그 옆에 미리 마련해두었고 심지어 자신의 묘비도 만들어두었다. 돌에 무언가를 새기고자 하는 사람들의 간절함과 무모함과 부질없음. 그후 몇 년을 더 살았지만, 어쩌면 그때부터 그의 삶은 이미 무덤 안에 있었다. 2월의 효창공원에는 겨울이 다 지나가도록 나뭇가지에 붙어 있는 말라 죽은 잎이 있다. 그 잎들이 죽은 채로 한사코 가지에 붙어 있는 이유를 알게 되는 날이 올까?

네가 없는 세계, 내가 세운 이 가묘 안에서 나는 한동안 말할 수 없는 시간에 매달려 있다. 나는 다만 실루엣에 지나지 않았다.

몇 세기 전의 폐허

| 청파동

남영역서울시 용산구 한강대로 77길 25 은 이 도시에서 가장 초라하고 소박한 역의 하나일 것이다. 남영역은 실제로는 갈월동에 위치하고 있다. 남영南營이라는 이름은 서울 남쪽에 군영이 있다 하여 명명되었다고 하는데, 일본군 병영의 흔적과 무관하지 않다는 얘기도 들린다. 전철 1호선 개통과 함께 세워진 이 역은 철로의 굴다리 아래에 입구가 있다. 용산역과 서울역이라는 거대한 역 사이에 있는 이 역은 마치 지방 소도시의 간이역을 연상시킨다. 역의 입구가 하나밖에 없다는 측면에서 이 역은 이 거대 도시 속의 생뚱맞은 간이역처럼 보인다. 주변의 녹사평역의 화려함과 이태원역의 인파에 비하면, 이 역은 로비라고 할 만한 곳도 없으며 흔한 상업 시설 하나 없이 소박하다. 이 지역의 전철역 가운데 누군가가 투신을 한다면, 가령 50대의 중년 남자가 오전 11시쯤 투신을 한다면, 그건 남영역일 가능성이 많았다. 이 역에서 몇 차례의 투신 사고가 있자 결국 스크린 도어를 설치하게 되었다. 늦은 밤 막차 시간을 간신히 맞추어 이 전철

역에서 내려본 사람들은 이 역이 가진 기이한 소박함과 쓸쓸함에 대해 알게 된다. 철길 옆에 서 있는 광고판에는 광고라고 쓴 한자 밑에 시골 사람들로 보이는 한 쌍의 중년 남녀의 그림이 있다. 그 뒤에 무섭게 올라가고 있는 거대한 주상복합 빌딩과는 전혀 어울리지 않는 이 70년대풍의 광고판은 남영역이 내재한 어색한 농담과 같다.

남영역의 건너편에서 시작되는 청파동 골목길은 회화적인 아름다움을 간직하고 있다. 깨끗하고 우아한 풍경과는 거리가 멀지만, 어떤 계획도 없이 시간의 우연과 왜곡이 만들어낸 휘어진 골목길들은 돌발적인 아름다움을 만든다. 이곳에서 풍경의 원근법은 무의미하며, 예기치 않은 굴곡과 방치의 시간이 흐른다. 지붕과 담이 비뚤어진 주택들은 견고함과는 관계없는 쇠락과 무기력의 느낌을 자아낸다. 이곳은 식민지 시대의 일본인 주거지역의 흔적이 남아 있는 곳이며, 그 여파로 인해 아파트 단지 등으로 개발되지 않아 여러 시대에 걸친 다양한 형태의 주택들 전시장과 같다. 하숙을 놓기 위한 연립과 다세대주택들이 많이 세워져 있지만, 골목길과 골목길 사이와 좁은 계단길을 오가다보면 적산가옥과 낡은 한옥과 오래된 서민주택을 만날 수 있다. 한때 이곳이 일본인 고급 주택지의 하나였다는 사실이 믿기지 않을 수도 있다. 옛길과 지형의 흔적들이 남아 있는 곳도 있지만, 어떤 골목은 잘려나가고 그 원래의 지형조차 알아볼 수 없다. 어떤 골목길은 낡고 비밀스러우며, 어떤 집들은 때로 공중에 떠 있거나 섬처럼 고립되어 있다. 하숙이라고 쓰여 있는 작은 간판들이 무수히 붙어 있는 다세대주택들 사이로 골목 안에 아무렇지도 않게 숨겨져 있는 어두운 적산가옥들은 이곳이 청파동이라는 것을 말해준다. 익숙한 풍경의 골목 모퉁이를 돌면 순식간에 다른 시간과 대면하게 된다.

골목 안의 희미한 뒷모습이나 짧은 웃음소리를 따라가고 싶을 때가 있다.

적산가옥들은 대개 삼각형 지붕을 없은 2층 구조로 되어 있는데, 어떤 적산가옥은 넝쿨에 뒤덮여 있고 곧 무너질 것 같은 느낌을 자아낸다. 거리에는 숙명여자대학교서울시 용산구 청파로 47길 100 주변답게 분식집들이 즐비하고 생기 넘치는 얼굴을 가진 여학생들이 가득하지만, 우연히 하나의 골목으로 접어들었을 때 노란 띠로 출입을 제한하고 있는 검은 적산가옥 폐가도 만날 수 있다. 한때 어린이 학원으로 사용된 흔적이 남아 있는 이 폐가는 한 세기를 버티지 못하고 곧 사라질 것이다. 아무도 이 폐가 안에서 어떤 시간이 흘러갔는지를 정확하게 알지 못한다. 늙은 마녀의 머리카락처럼 건물을 칭칭 둘러싼 검은 넝쿨과 한쪽이 허물어져 어둠이 새어나오는 낡은 기와와 흔적으로만 남아 있는 닫힌 창문들은 불길한 침묵만을 보여준다. 이 무덤 같은 폐허 앞에 서 있으면 계절의 경계를 알 수 없다. 무엇이 끝나고 무엇이 시작되는 것인지.

완벽한 폐허는 계절을 넘어선다. 흙이 입으로 들어가는 시간을 조용히 상상한다. 태어나기 전에 이미 죽어 있었다는 것을.

청파동의 이미지가 강력하게 남게 된 것은 스무 살에 읽은 최승자의 시「청파동을 기억하는가」때문일 것이다. "우리가 꽃잎처럼 포개져/ 눈 덮인 꿈속을 떠돌던/ 몇 세기 전의 겨울을"이라는 시구에서 청파동은 꽃잎과 눈의 이미지가 결합된 날카로운 기억의 장소이다. '몇 세기 전의 겨울'이라는 시간이 말해주는 것처럼 그곳은 너무 아득하여 돌아갈 수 없는 곳, "찔린 몸으로 지렁이처럼 기어서라도/ 가고 싶"은 "네가 있는 곳"의 이미지다. 하지만 그곳은 '몇 세기 전의' 장소이다.

절대로 닿을 수 없을 만큼 누군가와 떨어져 있다면, 죽음처럼 건너갈 수 없는 곳에 누군가가 있다면, 너는 다른 시간 속에 있는 것이다. 아득한 거리는 아득한 시간이다.

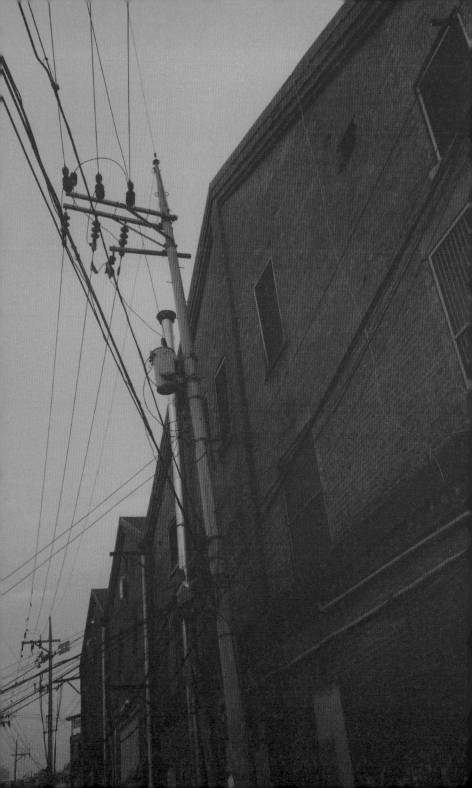

세운상가의 은밀한 그림자
| 용산전자상가

용산전자상가서울시 용산구 한강로2가 일대로 가는 고가 밑에는 택배 회사가 있다. 밤이면 택배 차량들이 이곳에 밀집해서 주차를 하고, 밤에 이곳을 지날 때면 도로 가에 택배 상자들을 길거리에 부려놓고 있는 것을 볼 수 있다. 어두운 밤거리에 쌓인 택배 상자들은 어딘가로 보내주어야 할 약속 같은 것이다. 노천에 쌓여 있는 그 약속들이 너무 허약하고 적나라해 보이는 것은 이 장소의 허술함 때문일 것이다. 밤이 되면 세상의 모든 안부와 약속 들은 갑자기 허약해진다.

단 한 번도 약속의 힘을 실감한 적이 없다. 약속은 언제나 무력한 자의 몫이다.

용산전자상가는 용산의 또다른 시간을 상징한다. 디지털 시대의 도래에 힘입어 한때 엄청나게 활기찬 곳이었으나, 기술의 진보는 한 장소의 부흥을 오래 놓아두지 않았다. 컴퓨터의 대중화로 활기를 띠게 되었으나 인터넷 판매 활성화에 따라 방문객의 숫자가 줄어들 수밖에 없었고, 점차로 쇠락해가는 상가의 분위기를 풍기기 시작했다. 좀더 싼 조립 컴퓨터를 찾으려는 젊은이들에 대한 호객 행위로 시끄러웠던 이곳은 이제 예전 같은 활기를 만날 수 없다.

1987년 정부 시책으로 청계천 세운상가에 있던 전자제품, 조명기구 등 점포들이 농수산물을 유통하던 여기 용산 청과시장 자리로 이전되면서 용산전자상가가 조성되었다. 처음에는 세운상가에 있던 전자제품, 조명기구 등의 점포를 수용한 나진상가로 출발하였으나 원효상가, 선인상가, 터미널상가, 전자랜드, 전자타운 등 대형종합상가로 확대되어갔다. 여기에 있던 청과시장은 가락동 농수산물 시장으로 이전했다. 용산전자상가들과 함께 주변의 상가와 오피스텔 건물들이 형성되면서 거대한 상업권이 만들어졌다.

용산전자상가의 사거리에 있는 2층 햄버거 가게에서 늦은 점심을 먹다가 오후의 지루한 햇살이 내리는 창밖을 보면, 붉은색과 갈색 타일로 장식된 나진상가의 외벽과 그후에 세워진 전자랜드의 현대적 은빛 외관이 각기 다른 시대의 건물처럼 어울리지 않는다는 것을 알게 된다. 나진상가 거리에 있는 가게들은 여름이면 선풍기를 내다놓고 겨울이면 전기히터와 전기장판을 내다놓으며 사소한 풍경을 바꾼다. 이 거리에서 계절이 바뀌는 나름의 독창적인 방식.

세운상가의 소멸과 용산전자상가의 등장이 한 시대의 장면을 구성하는 것이라면, 또다른 디지털 시대는 땅 위에 공간을 점유하는 용산전자상가 자체가 쇠락하는 장면을 만들어내고 있다. 중고 전자제품과 가짜 물건들과 해적판 음반, 포르노를 음성적으로 거래했던 세운상가의 불온한 분위기에 대한 청소년기의 기억을 가진 사람이라면 이 대형화된 용산전자상가에서 세운상가의 옛 뉘앙스를 만나기는 쉽지 않을 것이다. 유하의 시 「세운상가 키드의 사랑 1」에서 세운상가는 "학교를 저주하며 모든 금지된 것들을 열망하며, 나 이곳을 서성였다네"라고 회상하는 곳이다. 용산전자상가에서 특정한 가게를 찾아가는 일은 쉽지 않다. 미로 같은 구조와 어디를 가도 한번 본 듯한 가게들. 핸드폰, 조명기구, 음향기계, 공구를 파는 상점들보다는, 어쩌면 불법 복제 DVD를 파는 가게, 음성적이고 불법적인 용도에 사용될 것 같은 소형 카메라, 위치 추적기, 도청 탐지기, 대포폰을 파는 가게들이 이 거리에 더 어울린다. 세운상가로부터 옮겨온 어떤 그늘, 은밀하고 금지된 모호한 욕망의 시절을 연상시키기에 충분하다.

이곳을 찾는 가장 절박한 사람 중의 하나는 개인 컴퓨터의 하드디스크를 복구하려는 사람일지도 모른다. 짧지 않은 시간 어렵게 작업한 데이터나 소중한 기억들을 대신하는 파일들을 순식간에 날려버린 사람들은 알 것이다. 그 완벽한 무력감에 대하여. 그러나 오랜 시간이 지난 뒤 또 알게 될지도 모른다. 기억의 하드디스크는 언젠가는 반드시 망가질 것이며, 누군가가 그것을 복원한다는 것은 끔찍한 일이라는 것을.

어린 시절, 지방 도시에서 서울로 직장을 옮기기 위해 아버지는 혼자 서울 생활을 하고 있었다. 70년대 초반이었고, 아버지가 혼자 기거하는 곳으로 가족들을 불러 여름방학 때 서울 구경을 하게 된 것이 서울에 대한 최초의 경험이었다. 거대하고 공허하고 피상적인 느낌의 도시. 경복궁과 어린이대공원의 이미지와 함께 남아 있는 것 중의 하나는 아버지가 살던 작은 원룸 아파트였는데, 그곳이 낙원상가 주변이었다는 것을 수십 년이 지난 후에, 그러니까 아버지의 죽음 이후에 간신히 기억해냈다. 냄새나는 어두운 골목과 아파트의 좁은 복도, 물건이 정리되지 않은 채 구석에 쌓여 있던 실내. 그곳은 마치 내가 알지 못하는 어른들의 불길하고 비밀스러운 세계, 그리고 그 세계를 둘러싸고 있는 서울이라는 거대하고 차가운 공간에 대한 암시와 같았다.

어떤 시간도 기억의 프레임 안에서는 누추하고 은밀해진다. 조금 불편하고 희미하게 아플 수도 있다. 어떤 풍경도 하나의 프레임 안에서는 생기를 잃는다.

붉은빛의 가설무대

| 용산역

경부선 철도의 서쪽 지역은 식민지 시대의 일본인 거주 지역과 용산역, 철도공작창과 역 주위의 사창가로 이루어져 있었다. 용산역서울시 용산구 한강로3가 40-1의 역사는 1906년 러일전쟁 직후에 경의선 출발역으로 역사를 세움으로써 본격화되었다. 식민지 시대의 사진을 보면 옛 역사는 뾰족한 두 개의 지붕으로 이루어진 목조건물의 모습을 하고 있다. 이 서양식 목조건물은 1925년 경성역 역사가 세워지기 전까지는 서울에서 가장 큰 역사였다. 용산역 건물이 거대한 목조건물이었다는 사실을 상상하는 것은 쉬운 일이 아니다. 빛바랜 사진 속의 목조건물은 그다지 동화적이지 않으며, 오래된 유럽식의 건물 아래 흰 한복을 입은 사람들의 모습은 생경하다. 이 근처에는 일본군 주둔지가 많아 이용 수요가 많았다. 개발 시대인 1974년에는 수도권 전철역이 만들어지고 1990년 서부 역사가 준공되었는데 이때 용산 역사는 70년대의 전형적인 콘크리트 건물이었다. 2004년 민자 역사가 건설되고 이곳이 호남선·전라선·장항

선 고속철도의 출발역이 되면서 용산역은 새로운 의미를 갖게 되었으며, 새 역사는 거대한 복합 쇼핑몰이 둘러싼 하나의 왕국이 되었다.

90년대 용산 전철역의 이미지는 기억 속에 실루엣처럼 남아 있다. 그 실루엣을 채우는 것은 대부분 붉은색의 이미지다. 붉은 얼굴의 군인들과 사창가의 붉은 불빛들은 지금 포장마차촌 알전구의 붉은 불빛으로 옮겨왔다. 기억 속에는 역사 앞을 오가는 군인들의 붉게 상기된 얼굴과 부대찌개나 감자탕집 같은 허름한 식당들의 이미지가 있다. 사창가에 대한 기억은 고등학교까지 그곳에서 다닌 미아리의 모습이 압도적이다. 미래와 현재에 어떤 확신도 사치스러웠던 한 시절. 학교 앞 개천 변의 유곽들은 짜장면집에서 몰래 보던 잔혹한 성인용 만화의 한 페이지 같았다. 미아리가 그랬던 것처럼, 용산역의 붉은 사창가들도 사라졌다. 붉은 불빛들이 새로운 환한 빛 속으로 사라진다 해도 이 거리가 붉은빛으로부터 풀려나는 것은 아니다. 거리는 붉은빛을 다 지우지도 못한 채 희고 불투명한 액체로 덧칠되었다.

용산역 앞의 오른쪽으로는 대규모 포장마차촌이 들어서 있고, 왼쪽으로는 국내 최대 기업에서 짓는 40층짜리 초고층 건물이 공사중에 있다. 공사장을 둘러싼 높은 가림막에는 이곳에 있던 '마크사'들, 용산역을 드나들었던 군인들의 명찰과 군복 등을 취급했던 가게들의 이전 안내 포스터가 붙어 있다. 오래전 군복을 입던 시절, 마크사에 들렀던 시간을 어렴풋하게나마 생각해내는 것은 쉽지 않다.

2012년 여름부터 자리잡기 시작한 포장마차촌은 이 지역의 철거로 인한 갈등을 무마하는 한시적인 타협책으로 2015년까지 영업이 허가되었다. 이 주변에 들어서는 엄청난 건물들의 위용을 생각할 때, 포장마차촌이 시한부의 공간이라는 것은 누구나 예상할 수 있다. 이촌동의 거대한 주상복합 건물과 용산역의 화려함 사이에 서 있는 이 원색의 천막촌은, 저녁이면 붉은색의 알전구들을 매달아 곧 자리를 떠야 하는 가설무대처럼 보인다. 이 포장마차촌이 주는 엉뚱하고도 쓸쓸한 분위기는 역 앞이라는 공간 특유의 불안정한 분위기를 배가시킨다. 남루한 거리는 어느 날 갑자기 빈터가 되고, 그 빈터들 위에 높고 거대한 건물이 올라갈 것이라 예상하는 것은 너무나 쉽다. 휘황찬란한 건물의 벽면을 장식할 반짝이는 거대한 유리들이 남루했던 골목의 삐걱이는 유리문과 붉은 불빛들의 세월을 기억하지는 못할 것이다. 밤 11시, 의정부 혹은 부천 같은 곳으로 가는 막차를 놓치지 않기 위해 포장마차촌에서 역 쪽으로 흘러들어가는 무거운 남자들의 왼쪽 어깨를 붉은 전등이 물들인다.

새 용산역을 둘러싸고 있는 아이파크몰서울시 용산구 한강대로23길 55은 코엑스보다 거대한 복합상가이다. 지하에 대형 할인매장이 있고, 그 위로는 백화점과 디지털 제품, 생활 용품과 스포츠 용품, 악기, 가구를 파는 상가와 서점과 멀티플렉스 극장이 있다. 젊은이들은 이 공간에서 상상할 수 있는 거의 모든 소비를 할 수 있기 때문에, 밖으로 나갈 필요가 없다. 이곳이 과거에 어떤 곳이었는지를 기억할 만한 흔적은 어디에도 없다. 젊은이들로 넘쳐나는 이 왕국에서 남루하고 늙은 기억은 흔적조차 남아 있지 않다. 외부 세계와 완전히 단절된 이 완벽한 소비의 신전에서 잠깐 길을 잃는 것은 흥미로운 일이다. 이 건물의 전체 구조를 파악하는 것은 쉬운 일이 아니어서 동관과 서관의 방향과, 각기 다른 두 개의 주차장의 위치를 이해하는 데 1년이 걸렸다. 전체 9층 건물에 꽉 들어찬 백화점과 상가와 음식점 사이를 걸어다니다보면, 몸의 시간을 잃어버리게 되고 감각은 마비된다. 이 몰링malling의 세계에서 길을 잃는다는 것은 행복하고도 두려운 일이다. 이를테면 놀랍도록 거대한 소비의 신전인 홍콩의 하버시티와 부산의 센텀시티 같은 것을 '시티'라고 명명하는 것은 당연할 것이다. '시티'는 외부를 필요로 하지 않는다는 이유로 완전하고 숭고하다. 모든 가능한 것들이 내부에 존재하기 때문에, 바깥으로 가는 길은 중요하지 않을 것이다. 아이파크몰의 한가운데 빈 공간에는 여름이면 어린이들을 위한 수영장이 설치되고, 겨울이면 스케이트장이 설치된다. 그곳에는 중세 유럽의 성을 모방한 조잡한 조형물이 있는데, 이 키치적인 조형물은 쇼핑몰 전체가 하나의 허구적인 공간처럼 느껴지게 만든다. 겨울 저녁 아기자기한 불빛들이 켜진 이 모조의 성 아래서 스케이트를 타는 아이들의 얼굴은 거의 완벽해 보인다.

이런 허구적인 느낌은 용산역 바로 옆에 있는 유명한 스파spa의 이미지에서도 찾아볼 수 있다. 해외 주요 언론에도 소개되었다는 이 스파는 드래곤 힐서울시 용산구 한강대로21나길 40이라는 이름에 어울리게 중국적인 인테리어 스타일을 강조하고 있다. 붉은색과 황금색으로 치장한 입구의 문과 거대한 장군 석상 같은 것들이 인상적이다. 하지만 한쪽으로는 '맨

하탄 휘트니스클럽' 같은 간판들이 함께 붙어 있고, 전체 건물 자체는 서구적인 외양을 하고 있다. 스파 내부에는 호화로운 중국 황실을 재현한 공간도 있고 피라미드를 재현한 찜질방도 있다. 이 혼란스러운 스타일은 스파 전체가 거대한 키치의 공간이라는 것을 말해준다. 하지만 '용산'에서는 누구도 그 잡다함에 이의를 제기하지는 않을 것이다.

어느 여름 로스앤젤레스의 한인 단체 관광투어에 따라간 적이 있다. 거대한 넓이를 자랑하는 미국 서부의 지역적 특성 때문에 짧은 기간 많은 곳을 둘러보기 위해서 투어는 무리한 스케줄로 일관해야 했다. 관광객들은 새벽 4시에 일어나 아침을 먹어야 했고, 이른 아침부터 버스는 어두운 모하비사막을 미친 듯이 달려가야 했지만 아무도 불평하지 않았다. 마치 미국이라는 거대함에 대한 암묵적인 순종과 같은 것이었다. 미국 지도 전체에서 보면 로스앤젤레스에서 라스베이거스까지는 짧은 거리처럼 보이지만, 그곳을 가기 위해서는 황량한 사막 위의 소실점을 향해 쉼 없이 달려야만 했다. 라스베이거스는 불모의 사막 한가운데 신기루처럼 서 있는 호텔들의 도시다. 낮이면 살인적인 햇빛을 피해다녀야 하지만, 밤이면 이 도시는 금지가 없는 해방구가 된다. 이 도시의 허구적인 느낌은, 이를테면 지구라는 행성의 마지막 풍경이라는 느낌을 주기에 충분한 그랜드캐니언의 압도적인 숭고함과 비견될 수 있다. 이 도시의 호텔은 거의 모두 어떤 유서 깊은 장소와 이미지를 모방하는 것이었는데, 에펠탑이나 뉴욕의 유명한 건물들에 대한 모방은 조잡하다는 느낌 그 이상이었다. '베니시안 호텔'은 그중에서도 흥미롭다. 이 호텔은 이탈리아

베네치아 중심부의 거리를 그대로 옮겨놓았으며, 건축물은 물론 실제로 물이 흐르는 운하 위에는 곤돌라까지 띄워놓았다. 천장에 그려진 뭉게구름이 떠 있는 하늘은 너무 인공적이어서 차라리 초실재적이었다. 유럽적인 풍경에 대한 미국식 키치이며 시뮬라크르라고 할 수 있지만, 이 극단의 허구성은 그랜드캐니언의 비사실적인 침묵과 유사해지는 것이다.

아이파크몰의 거대한 멀티플렉스 극장은 예전의 극장과는 다르다. 숨죽이던 시절의 설렘과 긴장이 가득했던 종로의 극장들, 피카디리, 단성사, 명보극장, 서울극장 등의 모습은 지금과는 달랐다. 멀티플렉스 극장은 많은 영화를 선택해서 볼 수 있는 여지를 준 것 같지만, 실제로는 새로운 독점을 구축한 곳이다. 영화를 보기 전이나 본 후에 모든 엔터테인먼트가 가능하도록 구비된 거대한 공간이지만, 완벽하게 외부와 단절된 폐쇄 공간에서 스크린에 명멸한 이미지의 여운은 순식간에 소비된다. 영화관의 계단을 내려오면 다시 게임장과 카페와 패스트푸드점과 쇼핑센터의 쇼윈도 앞을 걸어야 한다. 어쩌면 이곳은 스크린 바깥이 아닐 것이다. 이 공간에서 스크린의 바깥은 없다.

미야베 미유키의 소설을 바탕으로 만든 한국 영화 〈화차〉에서 다른 사람의 삶을 빼앗아 살던 여자는, 새로운 범죄를 위해 용산역에서 떠나려 하다 계획이 실패로 돌아간다. 파국에 이르자 여자는 아이파크몰의 쇼핑몰을 가로질러 도망가다가 마지막 순간에 철길 위로 몸을 던진다. 여자가 더이상 도망칠 수 없었던 마지막 자리를 용산역으로 설정했다는 것은 절묘하다. 역이란 떠날 수 있는 곳이기도 하지만, 이젠 더이상 떠날 수 없다는 것을 마지막으로 깨닫게 해주는 장소이다. 다른 생으로 옮겨가는 것, 또 한번 이번 생의 시간을 바꾸는 것은, 때로 목숨을 거는 일이다. 휴일 밤 이곳의 멀티플렉스 영화관을 나와 옥외 주차장으로 걸어가면 스펙터클한 야경이 펼쳐진다. 여러 갈래의 철길 위에 솟아 있는 반짝이는 빌딩들과 그 사이에 숨죽인 채 방치되어 있는 집들. 건물의 서쪽 뒤편으로는 국제업무단지로 조성될 계획이었던 자리의 황량한 검은 땅이 거대한 구덩이처럼 파헤쳐져 있다. 자정에 가까워지면 그 땅은 다른 농도가 되어 검게 출렁거리는 호수처럼 보인다.

풍경은 풍경 너머로 나아가는 혼자만의 시선 때문에 자기 안의 상처처럼 박힌다. 내가 보는 풍경은 심도가 사라진 풍경, 네가 없는 풍경이다.

철교로 가는 고양이의 시간

| 서부이촌동

용산역의 남서쪽에 위치하는 서부이촌동은 동부이촌동과는 전혀 다른 공기를 품고 있다. 용산역의 화려함이나 동부이촌동의 고급스러움에 비하면 시간이 정지된 듯한 장면을 만날 수 있다. 용산 국제업무지구 구역 지정에 묶여 6년 동안 거래가 정지되었다가 그 사업이 무산되었고 결국 이 장소는 또다른 혼란 속에 있다. 한강 가의 비교적 깨끗한 아파트들과는 달리 이 거리의 단독주택들은 허술하게 방치되어 있다. 허름한 밥집과 낡은 모텔 들, 쓰레기더미에 뒤덮인 허물어진 집에서는 갈색 고양이가 마치 그 집의 주인처럼 골목 안을 내려다본다. 버려진 화분과 부서진 플라스틱 의자, 폐지 박스와 대문 위의 옹기들이 널브러져 있는 집 앞에는 철제로 된 계단이 있고 고양이는 이 계단의 진짜 주인이다.

이 도시의 뒷골목을 거닐면 사람보다 고양이와 눈을 마주칠 확률이 높다. 사람들은 스쳐지나가는 타인에게 관심이 없지만 고양이는 자신을

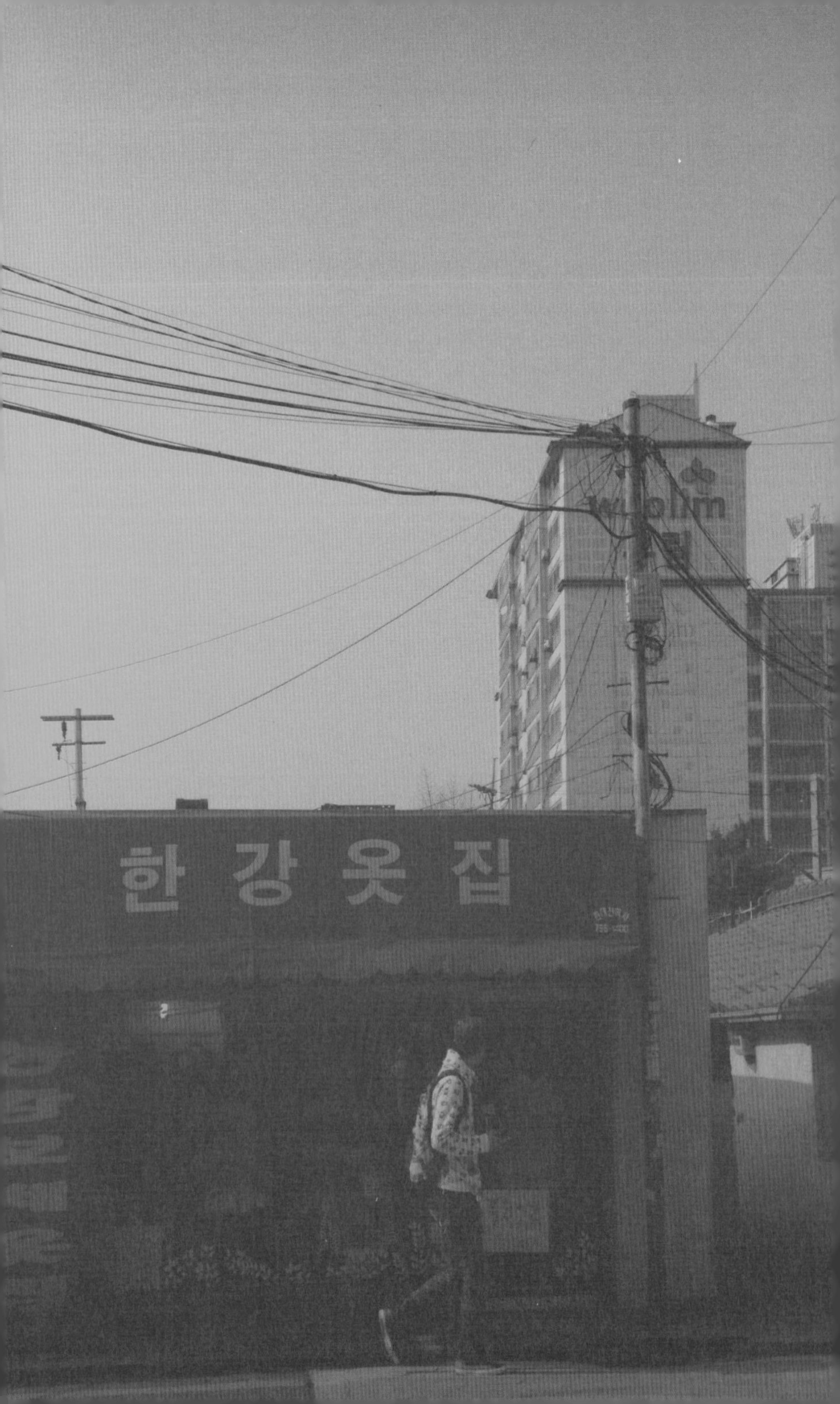
한강옷집

쳐다보는 사람에 대해 좀더 예민하다. 고양이의 단독성과 이기심, 무료한 리듬과 적당한 게으름과 호기심, 고독한 자신감, 때로 지나친 경계심. 무심한 시선과 초연한 걸음걸이의 매혹은 이 도시에 썩 어울린다. 언젠가 사라질 준비가 되어 있는 길고양이들은 특히 그렇다. 길고양이는 2년을 넘기기 힘들고 그중 반은 태어난 지 5개월 내에 죽는다고 한다. 고양이는 아무것도 도모하지 않는 방식으로 살아가는 완전한 미학의 결정체다. 이 도시의 고양이들은 저 허물어진 집처럼 순식간에 늙어가거나, 어느 하루 갑자기 보이지 않을 것이다. 그것 역시 이 도시의 리듬에 부합한다.

서부이촌동에서 한강 방향으로 발을 옮기다보면, 이 장소가 특별한 소리들의 공간이라는 것을 알게 된다. 새남터기념성당서울시 용산구 이촌로 80-8을 지나 한강까지 나아가기 위해서는 두 개의 철길을 건너가야 한다. 대도시의 한복판에 이런 철길 건널목이 있다는 것이 믿기지 않을 것이다. 두 개의 건널목으로는 끊임없이 기차가 지나다니고, 기차의 진입을 알리는 종소리는 이 거대 도시의 한복판에서 다른 시간대를 불러들인다. 두 개의 철길 건널목을 건너고 다시 긴 육교를 지나 새남터기념성당 옆길로 빠져나오면 녹색의 한강철교가 갑자기 눈앞에 나타난다. 1900년 한강에 놓인 최초의 근대적 다리였던 이곳은 1950년 한국전쟁 때 퇴각하는 군인들에 의해 폭파된 적이 있다. 피난길에 오른 사람들이 강을 건너는 상황에서 이루어진 성급한 폭파였고, 50대 이상의 차량이 물에 빠지고 500여 명이 폭사하였다. 희생양이 필요했으므로 권력은 폭파의 책임자였던 공병감을 전쟁 기간에 처형했다. 이 책임자는 사후 12년 뒤의 재심을 통해 무죄 판정을 받았다. 다리는 장소와 장소를 이어주기도 하지만, 장소와 장소를 단절시키는 참혹한 도구가 되기도 한다.

1987년에 세워진 새남터기념성당은 멀리서 보면 거대한 탑 모양을 한 사적지처럼 보인다. 새남터기념성당 자리는 조선 초기부터 군사들의 연무장으로 사용됐고 국사범을 비롯한 중죄인의 처형장이었던 곳이다. 단종의 복위를 도모하던 사육신들이 피를 뿌린 곳이며, 1801년부터 1866년까지 10명의 외국인 사제를 포함한 11명의 목자가 이곳에서 순교했다. 이곳이 처형과 순교의 땅이었다는 걸 기억하는 것이 지금 어떤 의미가 있을까?

조금 따뜻해진 겨울 저녁, 하얀 개를 데리고 나온 할머니의 좁고 굽은 어깨를 보면서 한강철교 아래 산책로를 망연히 걷는 시간이 있다. 노인의 어깨가 젊은 날의 한 순간을 기억해내는 것처럼 보이는 순간, 엄청난 굉음이 머리 위에서 쏟아진다. 철길 건널목의 종소리가 다른 시간대의 호출 같다면, 이 한강철교 위의 굉음은 모든 것들을 빨아들이는 두려운 힘을 느끼게 한다. 달리는 전철과 철교의 철골들이 부딪치며 나는 이 소리는 육중하고도 빠른 비트를 만들어낸다. 철로 만든 거대한 짐승이 울부짖으며 뼈대와 관절을 비틀어댄다. 이 압도적인 금속의 소리는 강 건너에 우뚝 솟아 있는 여의도 63빌딩의 기하학적 위용이나 강물의 물비린내마저 사라져버리게 만든다. 이 철교 위를 지나는 전철을 타고 무표정한 얼굴을 창에 기대며 수없이 강을 건너다녔을 것이다. 소리는 모든 이미지를 무無로 돌린다. 철이라는 물질의 결정적 진화가 기차의 발명이라면 이 철의 진화가 마침내 도달한 곳, 이곳에서는 더 갈 데가 없다는 공포와 피로가 엄습한다. 귀를 막아도 소용없는 소리는 입속까지 가득 메운다. 압축된 시간의 폭발, 그리고 그 안의 둔중한 침묵. 강 저편 여의도의 하늘이 딱딱하게 굳어가는 것이 보인다.

마음 없는 짐승처럼 소리 안에 갇혀 있다. 공포와 피로는 여기에 있고, 어떤 안부는 너무 멀리 있고, 검은 새는 바람 너머로 날았다.

2부

—

나누어진 인공낙원

동선

삼각지 화랑거리(삼각지 동쪽)
↓
전쟁기념관
↓
산책로(삼각지역—녹사평역)
↓
미군 부대 담장
↓
녹사평역
↓
해방촌
↓
경리단길
↓
해밀톤 호텔
↓
후커 힐
↓
이슬람 사원
↓
앤티크 가구거리
↓
남산

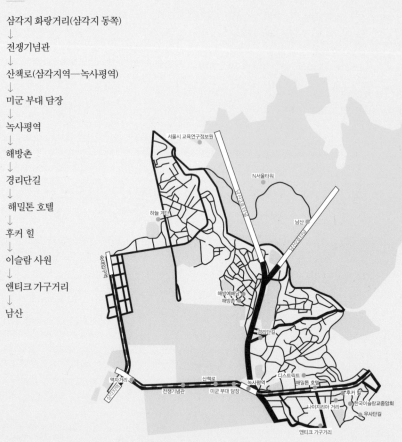

모작의 풍경들
| 삼각지 화랑거리

삼각지 동쪽 거리에는 화랑과 액자 가게들이 늘어서 있다. 50년대 이후 미군의 용산 주둔과 함께 생겨난 삼각지 화랑거리<small>서울시 용산구 한강로1가 10번지~한강로2가 42~1번지</small>는 미군들을 상대로 초상화나 명화의 모조품을 판매하면서 형성된 곳이다. 가난한 화가들이 미군들의 초상화를 그려주며 생계를 이어갔던 남루한 예술가의 거리. 화랑과 액자 가게 들은 '이발소 그림'을 판매하는 곳이 많았다. 수출을 위해 이 거리의 '그림 공장'에서 만들어낸 생산품도 있었다. 진열된 명화 모작들은 이 거리 전체가 '모작'의 거리인 것 같은 느낌을 준다. 예전에 엘비스 프레슬리, 맥아더와 같은 미국적인 영웅들의 초상화와 낯익은 풍경화들이 전시되어 있었다면, 지금은 익숙한 구도의 동양화와 고흐와 구스타프 클림트와 리히텐슈타인의 모작들이 쇼윈도에 세워져 있다. 그림들과 액자들 때문에 이 낡은 거리 전체는 비현실적인 느낌을 준다. 이 가게들의 뒤쪽에 있는 대구탕 골목과 국방부 옆의 막횟집과 부대찌개 식당과 오래된 곱창집 평

양집서울시 용산구 한강대로 186과 또 허름한 식당들, 한강대로 건너편에 즐비한 부동산 소개소들마저 이 모작들의 일부처럼 보인다. 오후의 지루한 공기가 내려앉은 이 키치의 거리를 걸어가는 여자들의 반짝이는 구두는 이 모작의 풍경을 완성한다.

저녁 어스름 무렵 불이 밝혀진 액자 가게들 안에서 '이발소 그림'들과 '모작'들은 모호한 빛을 뿜어내며 이방의 뉘앙스를 더해준다. 고급한 예술이 되지 못한 그림들은 이 거리의 숨겨진 이야기들, 이질적인 것들이 뒤섞여져 만들어내는 순결할 수 없는 풍경의 내부를 만든다. 이 키치의 거리를 산책한다는 것은 고급한 예술품을 취급하는 화랑의 거리를 거니는 것과는 다르다. 미술관 안에서 그림을 보는 것과 거리의 쇼윈도 안에 있는 그림들을 보는 것은 전혀 다른 경험이다. 대개의 미술관들은 입구가 넓지 않은 실내 공간에 있고, 그 안에 들어간다는 것은 다른 시간으로 진입하는 것을 의미한다. 미술관은 낯선 시간으로 몸을 옮길 수 있게 한다. 거리의 액자 가게를 둘러본다는 것은 시간을 이동하는 체험이 아니다. 액자 가게들 옆에는 노래방과 분식점이 있어 거리의 소음에 그대로 노출되어 있고, 바삐 걸어가는 사람들의 무심한 표정을 함께 볼 수도 있다. 이 거리는 한강진역의 리움 미술관의 고급함에 미달하며, 반포 지하상가의 액자 가게들과도 다르다. 지나치게 세속적인 시간들이 이 화랑 거리에 함께 공존한다.

그림들은 상투성과 동어반복이 만드는 피상성의 미학, 깊이 없음의 매혹을 전시한다. 뒷골목의 해장국집을 찾아 저녁 무렵 어슬렁거리다 이 거리에서 떠도는 자신을 보게 될 때, 유리 안쪽의 이발소 그림들에 비친 한 사람의 실루엣이 보인다. 내가 이발소 그림들을 보는 것이 아니라, 이발소 그림들이 '모작'인 나를 응시하고 있는 장면. 내 기침소리마저 허구적인 것이 된다.

　너에게 향하던 눈빛이 되돌아온다. 유리 속의 나는, 너의 자리에서 나를 본다.

가장 비극적이거나 가장 희극적인

| 전쟁기념관

네거리의 한쪽에는 전쟁기념관_{서울시 용산구 이태원로 29}이 있다. 삼각지 입체교차로가 철거된 그해, 육군 본부가 있던 자리에 기념관이 세워졌다. 기념관은 한때 긴 담장으로 둘러싸여 있었으나 담장을 철거해서 이제는 입구의 우뚝 솟은 거대한 조형물과 그 뒤의 N서울타워가 겹쳐 보이게 된다. 청동검을 형상화했다는 6·25 조형물은 멀리서 보면 거대한 포탄이나 남성 성기처럼 보이는데, 뾰족하고 날렵한 N서울타워와의 대비를 통해 더 기묘해 보인다. 전쟁을 기념하려는 이 공간을 독특한 곳으로 만드는 것은 건물 양측 회랑에 걸려 있는 전사자들의 명비名碑와 전쟁 무기들을 전시한 야외 공간이다. 죽은 자들의 이름을 빽빽하게 새겨넣은 회랑을 걷다보면 죽은 자들의 이름이 기둥이 되고 벽이 되는 이 공간의 어색한 침묵을 만난다. 죽음에 대한 이 공식적인 애도의, 너무 웅변적이어서 허술한 엄숙함. 볕이 좋은 날이면 단체 관람을 온 학생들이나 아이들을 데리고 온 여자들로 이 장소는 갑자기 소란스러워진다. 전사자들의

명비가 있는 회랑을 뛰어다니며 '셀카'를 찍는 후드티를 입은 10대들이 있다. 중앙의 광장에서는 때때로 유명 가수들의 공연이 열리기도 했는데, 전쟁과 죽음의 분위기로 가득찬 곳에 울려퍼지는 거대한 스피커의 진동은 이 공간의 기이한 정적을 순식간에 앗아간다. 마치 묘지에서 열리는 어색한 축제처럼.

전투함과 전차와 비행기 등 야외에 전시된 전쟁 무기들은 밤이면 그로테스크한 분위기를 자아낸다. 죽어 있던 전쟁 기계들은 어느 순간 살아나서 어이없는 미학을 뿜어내고, 이제 이곳은 이 도시에서 가장 희극적인 장소처럼 보인다. 무기들은 소극이 펼쳐지는 무대의 어색한 소품과 같다. 역사의 폐허를 둘러싼 알레고리처럼 보인다. 술에 조금 취한 귀로에서 숨죽인 무기들을 바라볼 때의 사소한 공포는 어처구니없는 위로가 되기도 한다. 거대한 비행기의 날개 밑, 더 정확하게 말하면 거대한 비행기의 잔해 밑에서 의미를 알 수 없는 거대한 그림자가 나를 덮치는 것을 본다. 하늘은 가장 깊고 어두운 청색으로 덮이고 비행기의 검은 날개는 시야를 한순간 삼켜버린다. 비행기의 그림자는 피할 수 없는 시간의 공백으로 나를 빨아들인다. 참을 수 없는 요의를 느꼈을 때 살아 있다는 실감은 전쟁과 죽음의 기념비들이 버티고 서 있는 이 공간에서 점점 사라져간다. 풍경은 거기서 끝나는 것이다.

모든 깊이가 해소된 풍경, 기원도 없는 풍경. 너의 부재와 함께, 모든 것들의 부재가 나타나는 순간들.

전쟁기념관 안에서는 비밀스러운 장소를 찾기가 어렵다. 간혹 전시된 헬리콥터 안으로 슬쩍 들어가보거나, 기념관의 입구 쪽에 있는 계단식의 소규모 공연장 바닥으로 내려가거나, 전사자들의 이름이 새겨진 회랑 끝의 테라스에 숨어드는 방법이 있을 수는 있겠다. 하지만 이곳은 연인들로 붐비지 않는다. 전쟁기념관이라는 무겁고 어색한 공간에서 누가 로맨틱한 공간을 찾아다니겠는가? 어느 봄날, 전시관 뒤쪽 작은 언덕 아래 벤치들은 벚꽃에 둘러싸여 있었다. 누군가와 같이 있었던가? 왜 그해 봄날이었어야 했나? 믿기 힘든 평온함이 용납되고 있다고 느끼던 최후의 장소. 지나치게 부드럽던 햇빛과 수줍고 짧은 4월의 미풍. 억눌린 미소의 시간.

봄의 시제는 가정법이다. 봄은 언제나 '봄이 오면'이라는 시간대로부터 다가온다. 봄은 만질 수 없는 꿈처럼 오는 것이다. 눈부신 것은 봄이 아니라 봄의 불가능함이다. 상냥하고 뼈아픈 계절, 날카로운 소망이 만들어낸 부재의 장소, 세상에 없을 익명의 시간.

완전한 아름다움이란 곧 파괴될 어떤 것이다. 어느 날의 너처럼.

어떤 장소가 제의적인 공간이 되는 것은 우연에 기댄 것이다. 스쳐지나가던 골목길과 육교와 작은 공원과 카페가 어느 순간 가벼운 마음으로 지나치지 못하는 장소가 되는 순간이 온다. 그 순간이 만들어지는 것은 오로지 사람의 의지는 아니다. 돌이킬 수 없는 시간을 만드는 것은 우

연이라는 이름의 사소한 운명들이다. 그 우연들에 운명이라는 의미를
부여할 필요가 없겠지만, 어떤 우연들은 삶을 일거에 다른 시간으로 돌
려놓고 되돌아오지 못하게 만든다. 그 우연들의 의미를 찾아낸다는 것
이 불가능하다는 것을 알게 되면 삶은 피할 수 없이 잔혹해 보인다. 어느
봄날 작은 벚꽃 나무 아래에서 나눈 이야기가 기억날 수 없고, 그 평온한
눈빛도 기억나지 않고, 다만 그 공간의 따뜻한 공기들과 상냥한 속도로
떨어져내리는 꽃잎의 리듬만이 기억난다면, 그리고 그 순간이 이제는
되돌릴 수 없는 순간이 되었다면, 그 장소는 한 사람에게는 제의적인 장
소가 된다. 그 봄날이 몇 번이나 지난 뒤에도 눈 오는 날 그곳을 찾아가
한참 동안 혼잣말을 하거나 무언가를 눈 속에 묻거나 보이지 않는 누군
가와 짧은 대화를 나누는 사람. 혼자만의 비밀스런 의례를 치르는 사람
은 그 장소의 주인이 아니라, 그 장소에 찔린 자이다. 장소는 긴 애도의
자리가 된다.

이 도시에, 19년 만에, 4월에, 눈이 내릴 때도 나는 이곳의 길 위에 있
었다. 19년 전의, 4월의 눈을 기억하지 못한다. 그 시절의 무기력과 불
안, 또 함께 있던 사람도 떠올리지 않으려 했다. 4월에 극적으로 내리는
눈을 누군가는 보고 누군가는 보지 못한다.

맥락 없는 순간의 아름다움과 농담 같은 시간, 순식간의 생. 몇 순간의
봄이 더 남아 있을까? 어떤 봄도 믿기지 않을 것이다. 어떤 봄도 온전하
지 않을 것이다.

비현실적인 기다림

| 녹사평역

전쟁기념관 앞부터 녹사평역서울시 용산구 녹사평대로 195까지는 산책로가 있다. 이곳이 산책로가 된 것은 미군 부대가 주둔하고 있는 지리적 여건 때문이다. 일반인들이 출입할 수 없는 출입구가 하나 있을 뿐, 하나의 블록 전체가 담으로 이어져 있는 거리. 가게도 집도 없으며, 분주한 사람들의 모습도 찾기 어렵다. 창 하나 없는 무표정한 담은, 담 너머의 세계에 대한 어처구니없는 신비감을 주었다. 아무것도 보여주지 않으려는 오래된 붉은 벽돌담 위의 철조망은 무례하고, 권태로운 녹색으로 칠해진 산책로의 바닥에는 자전거 도로의 표시가 있다. 높고 위압적인 담장 옆의 나무들은 여름이면 무거운 초록색으로 하늘을 덮었지만, 그토록 우울한 플라타너스를 본 적은 없다. 초록이 너무 무거워지면 가로등 불빛들은 한순간 난폭해진다.

이 높은 담장 안에 무엇이 있는지를 알고 있는 사람은 많지 않을 것이다. 새로 올라간 삼각지 쪽의 높은 주상복합 건물에서 N서울타워 쪽을 보면 낮은 건물들과 녹지들이 어우러진 평화롭기 이를 데 없는 풍광을 만나게 된다. 밤이면 이 지역에 낮게 흩뿌려진 불빛들은 그 배경이 되는 N서울타워의 불빛과 어울려 신비하고 이국적인 밤 풍경을 만들어낸다.

담의 저쪽은 미군 부대 소속원들의 근무와 주거와 문화생활이 한꺼번에 이루어지는 하나의 완벽한 자족 도시로 알려져 있다. 북쪽의 메인 포인트와 남쪽의 사우스 포인트로 나뉘는 이곳은 군사 업무 시설은 물론 헬기장, 버스 터미널, 호텔, 레지던스, 클럽, 학교, 도서관, 체육관, 레크리에이션 센터, 수영장, 축구장, 야구장, 골프 연습장, 병원, 마트, 공원, 교회, 그리고 푸드 코트 등이 완전하게 갖추어져 있다. 여기 패스트푸드 매장들의 메뉴와 맛은 담장 밖의 업소와는 다르다고 한다. 담장 안에는 일제 초기에 세워진 일본군 사령부 건물 등 근대 초기의 유서 깊은 건물들과 조선 시대 이전의 유적터들도 산재해 있다. 높은 건물이 거의 없고 풍부한 녹지들이 확보된 평화로운 전원도시의 공간. 미국 본토에서나 만날 수 있는 담장 없는 단독 주택들이 만드는 산뜻하고 쾌적한 경관. 담 바깥의 번잡함과 소란스러움과 남루함과는 전혀 다른 미국 소도시의 평온한 경관과 생활을 그대로 옮겨놓은 장소가 안쪽에 있다는 것을 상상할 수 있을까? 때로 공간은 시간을 완벽하게 나눈다.

미군 부대의 담 주변에는 개발이 허락되지 않아 방치된 낡은 주택들이 많은데, 그 담을 사이에 두고 삶의 시간은 그렇게 단절되어 있다. 용

산의 공식적인 지도를 보면 한가운데 거대한 녹색의 진공 상태를 볼 수 있다. 이곳은 나날의 삶이 전쟁터와 같은 삭막한 도시 사막으로부터 완전히 고립되어 있는 최후의 오아시스이다. 미군 기지가 이전한다면 이 공간은 또 한번 거대한 변화를 겪을 것이고, 만약 계획대로 공원이 된다면, 외국군의 오랜 주둔 덕분에 서울 한복판에 엄청난 규모의 녹지가 보존되는 아이러니가 실현될 것이다. 이곳이 탐욕적이고 수직적인 건물들이 들어서지 않고 공원이 된다고 해도, 그 진공의 흔적은 단절과 망각의 상징이 될 것이다. 오랜 후에도 이 땅의 흙들은 가끔씩 잊힌 시간들을 토해내며 몸을 뒤집을 것이다.

산책로의 높은 나무들 사이로 군데군데 벤치가 놓여 있다. 미군이나 그 가족으로 보이는 사람들이 짧은 바지를 입고 조깅을 하고, 젊은 남자가 하얀 자전거를 타고 무심하게 지나간다. 조깅하는 미군의 허벅지는 지나치게 굵고 자전거를 타는 남자의 어깨는 상대적으로 좁아 보인다. 이어폰을 끼고 백팩을 맨 10대들과 젊은 부부가 지나가기도 하지만, 차들의 소음이 너무 커서 조용한 산책로라고 하기는 힘들다. 그리 길지 않은 이 산책로는 이촌동에서 연결되는 한강변 산책로에 비하면 생기라고는 찾아볼 수 없다. 하지만 그 생기 없음과 어두운 녹색 바닥마다 가라앉아 있는 익숙한 우울의 색채가 이 산책로를 매력적으로 만든다.

한때 이 산책로조차 걷지 못하던 시간도 있었다. 입에서 어떤 소리도 새어나오지 못하는 시간이었고, 걷는 것조차 사치스럽게 느껴졌다. 저

녘의 희망이나 아침의 설렘은 너무 멀리 있었다. 삶이 갖고 있는 악의에는 치유법이 없었다. 다만 '돌이킬 수 없음'을 이해하는 것만이 유일한 지혜였다. 말할 수 없는 폐허의 냄새에 붙들려 나를 에워싸고 있는 맹목적이고 부주의한 힘으로부터 헤어나오지 못했다. 걸을 수 있는 인간으로 산다는 것은, 깊은 병과 공허로부터 자신을 보존할 수 있는 시간을 얻는 것이다. 걸을 수 있는 인간은 숨을 쉴 수 있는 인간처럼 축복받은 존재이다. 걸으면서 내 몫의 환멸을 아주 조금씩 발끝으로 내려놓을 수 있다.

걸으면서 중얼거리는 자가 있다. 나는 너에게 말하고, 너는 나를 듣지 않으며, 나는 네 안에서 나를 듣는다.

산책로의 끝, 녹사평역은 '발명 테마역'이라는 생경한 이름이 붙어 있다. 이 역의 길고 가파른 에스컬레이터를 타고 내려가보면 이 공간이 거대한 전시장이나 세트처럼 보인다. 이 도시의 지하철역 가운데 가장 호화로운 곳 중의 하나인 이곳은 '빛의 향연'이라는 주제로 건설되었으며, 역의 천장이 유리 돔 형태로 되어 있어서 지상의 햇빛이 지하에도 닿는 독특한 구조로 되어 있다. 자연 채광이 이뤄지는 유리 돔 천장을 중심으로 테라스가 원형으로 구성되어 있다. 이 역은 화장실조차 인상적인 디자인으로 만들어져 있으며 다양한 박람회를 열 수 있는 전시 공간도 마련되어 있다. 이 역의 기하학적 화려함은 이 역 바깥의 풍경을 생각해보면 더욱 비현실적으로 느껴진다. 출퇴근 시간을 제외하면 사람들로 붐비는 일이 많지 않은 이 역은, 거대하고 공허한 가설무대를 연상시킨다.

어쩌면 평양의 지하철이 이렇지 않을까 하는 엉뚱한 생각을 불러일으키는 이 전철역에서 사람을 기다려본 적이 있다면, 그 기다림의 비현실성을 알게 될 것이다.

이곳은 진짜인가? 내가 누군가를 기다리는 시간은 진짜인가?

단기 체류의 저녁연기

| 해방촌

녹사평역에서 왼쪽 미군 기지의 높은 회색 담을 따라가면 해방촌 입구가 나타난다. 미군 기지의 북쪽, 가파른 남산 자락에 위치한 해방촌은 이국적인 문화가 달동네라는 특징과 결합하여 독특한 분위기를 만들어낸다. 반포대교를 건너 시내의 중심부로 가기 위해 남산 3호 터널을 향해 달리는 차들은 왼쪽 언덕의 높은 교회 첨탑 아래 한 동네를 스쳐지나치게 된다. 터널 안을 달리는 차들 중에서 그 터널 위에 어떤 산동네가 있는가를 생각하는 사람은 많지 않을 것이다. 멀리서 보면 다가구주택들이 빽빽하게 모여 있는 눈에 익은 언덕이지만, 그 안에 숨기고 있는 가파른 비탈길들은 이곳이 한때 '해방의 땅'이었음을 말해준다. 8·15 광복의 시기에 도시 난민들의 거주지였으며, 6·25 때 월남민의 집단 거주지였기 때문에 붙여졌던 '해방촌'이라는 이름은 이 공간 특유의 이국적이면서 남루한 이미지를 만들어낸다. 새로 들어선 많은 다세대주택들도 이 가파른 길의 윤곽을 지우지는 못한다.

조선 시대까지만 해도 이곳은 인가가 드문 솔밭이었고, 갑오개혁 때까지 왕실과 문묘의 제사에 쓸 황소, 양, 돼지를 키우던 전생서典牲暑가 있었다고 한다. 1908년경 용산 일대 군사기지를 완성한 일본은 주둔군과 군속 가족 들을 이 일대에 거주하게 했다. 일본군 육군 관사와 사격장이 이 부근에 있었다. 해방 후 일본 사람들이 빠져나간 자리에 집 없는 월남 피난민들이 들어와 자리잡게 되었다. 난민들은 산비탈 공유지에 판잣집으로 된 동네를 만들었다. 루핑과 판자로 만들어진 집은 허술하기 그지없었다. 초기 난민들 가운데 평북 선천 출신들과 기독교도가 많았기 때문에 해방예배당서울시 용산구 소월로 20길 43은 그들의 신앙 공동체의 중심이 되었고, 평북 선천에 있던 기독교 계통의 보성여중고교와 평양에 있던 숭실중고교를 여기에 세우면서 난민들은 다른 세대의 미래를 준비했다.

미군 부대와 도심 사이의 구릉지라는 이곳의 지리적인 특이성은 다양한 일거리들을 얻을 수 있는 삶의 최전선이 되게 했다. '야미 담배'를 만들었던 '사제연초제조업'과 군복 염색 등이 초기의 일거리였으며, 점차 '요꼬' 혹은 '편물업'이라 불리는 스웨터를 만드는 가내수공업으로 발전해나가면서 현재 해방촌의 규모가 만들어졌다. 이 유서 깊은 달동네는 단기 체류하는 젊은 외국인들과 제3세계로부터 온 비정규직 이주 노동자들이 함께 거주해왔다. 한남동의 '장기 체류자들'과 비교한다면, 해방촌의 기억 속에 남아 있는 '단기 체류자들'은 이 동네가 오래 머물 수 없는 시간의 이름이었음을 말해준다. 가파른 골목길 모퉁이에서 숨이

차다고 느낄 때 단속적인 바람은 낮은 지붕 위로 올라오는 오래된 연기를 잘라낸다.

단기 체류의 저녁연기다.

경리단길 쪽에서 좁은 계단으로 이루어진 육교를 건너가면, 해방촌의 입구에 다다른다. 이제는 옛 판잣집들은 찾아보기 힘들다. 70년대 이후 개발의 시기에도 이곳은 영세민들의 저항과 남산 환경보호 때문에 대규모 아파트 단지로 개발되지 않고 다가구주택들이 들어서는 수준의 개발만이 이루어졌다. 반포대로를 사이에 둔 동쪽 지역의 하얏트 호텔서울시 용산구 소월로 322, 한남동의 고급함에 비교해보면 이곳의 골목들은 여전히 소박하다. 초입의 50여 년 된 옹기 가게는 이곳이 해방촌으로 들어가는 입구라는 것을 오랜 시간 알려주었다. 해방촌의 입구를 전통적인 항아리 가게가 지키고 있다는 것은 아이러니한 일이지만, 이것은 이 지역 특유의 역설적인 유머라고 할 수 있다. 백인 남자와 흑인 여자가 얘기를 나누며 앉아 있는 미용실과 미국식 햄버거 가게, 즐비한 부동산 중개소는 이곳의 현재를 말해준다. 이 길을 따라 계속 올라가면 점점 가파르게 느껴지는 골목 위에 낡은 다세대주택과 연립 들이 촘촘히 들어차 있고, 그 길의 가장 높은 곳에 해방예배당이 있다. 예배당 앞거리에는 이곳의 어린이집 때문인지 아이들과 여자들의 모습이 많이 눈에 뗀다. 지팡이에 의지한 실향민 노인 사이로 학교를 파한 아이들이 뛰어다니고 배달 오토바이가 위태롭게 길을 가로지른다. 예배당 사거리 앞에는 이 도시의

학교 앞에 흔히 있는 분식집이 있다. 매콤한 떡볶이 냄새와 튀김 기름 냄새가 뒤섞여 부주의한 거리로 스며든다. 유모차에서 입을 벌린 채 잠든 아이는 그 모든 냄새들과 미지의 불안을 무방비로 들이마신다.

해방촌의 바로 뒤쪽, 머리 위에 N서울타워가 있다. 가파른 계단으로 된 다세대주택들 사이로 N서울타워는 이 언덕의 주인처럼 서 있다. 그 주인의 그림자 아래 낡은 계단 시멘트 틈 사이로 작은 풀잎들의 짧은 그림자가 흔들린다. 타워의 그림자는 오후가 되면 발아래의 나지막한 그림자들을 수납해갈 것이다. 해방예배당의 아랫 골목으로 조금 내려오다보면 남산의 저편 언덕에 검은 유리벽으로 장식된 하얏트 호텔이 멀리 보인다. 호텔은 세련된 선글라스를 쓴 것 같은 무표정한 얼굴로 거기에 서 있다. 시선은 가려져 있고 이쪽 언덕에서는 누구도 저 호텔의 내부를 응시할 수 없다. 빈틈없이 빛을 반사하는 호텔의 검은 유리벽 때문이다. 그 유리벽 뒤의 캄캄한 인력 때문에 이쪽 언덕은 조금 더 흐려진다.

용산고등학교를 지나 있는 후암동 종점 쪽의 해방촌은 조금 다른 뉘앙스를 풍긴다. 미군 부대와 용산고등학교로 이어진 담벼락은 고즈넉한 느낌을 자아낸다. '아리랑 슈퍼' 같은 로스앤젤레스의 한인 타운에나 있을 법한 이름들이 나타나기 시작하며 카페들은 경리단길의 이국적이면서 아기자기한 느낌과 연결되어 있다. 후암동 종점은 음식점과 학원과 은행과 슈퍼가 붐비는 거리이지만, 그 한쪽에 '하늘 계단'이라고 불리는 108계단을 감추고 있다. 또하나의 해방촌으로 올라가는 이 계단은 번잡한 종점 거리의 한 모퉁이에 숨어서 두터운 하늘을 향해 가파르게 뻗어 있다. '하늘 계단'이라는 새로운 이름을 부여받고 계단 옆의 벽들에는 화사한 벽화가 그려져 있지만, 이 계단의 초입에서 처음 만나는 것은 왼쪽 치킨 가게에서 나는 기름 냄새와 오른쪽 유리 가게에서 나는 화학약품 냄새이다. 그 냄새들을 뿌리치고 가파른 계단을 오르면 그 계단들 사이로 난 골목에 숨어 있는 집들을 만날 수 있다. 사람은 어디서든 살 수 있다는 것을 보여주는 듯 가파른 골목 위에 세워진 '의식주'의 공간들. 이 계단이 식민지 시대 일본의 전쟁 군인들을 기리던 호국 신사로 올라가는 길이었다는 것은, 이 거리의 잊힌 비밀에 속한다. 희미하고 좁은 골목에서 나온 등이 굽은 할머니가 폐지를 줍는 시간, 데이트하는 젊은 연인들이 손을 잡고 계단을 오르내린다. 아마도 90년 전이었다면 이 식민지의 계단을 참배에 동원된 학생들이 올랐을 것이다. 이 계단의 오래된 돌들은 광물화된 비밀을 감추고 있다. 계단은 다른 시간으로 이어져 있으며, 돌들의 무거운 침묵은 시간을 화석화시킨다.

해방촌 108계단을 다 올라가면 보이는 작은 골목의 끝에는 무너진 채 내버려둔 집 한 채가 있다. 공사중이라는 느낌은 들지 않고 완전히 부서진 채로 방치된 그런 공간이다. 폐허란 무엇인가? 폐허는 공간이 아니다. 공간을 만들었던 것들의 잔해이며, 더이상 공간이기를 포기한 자리이다. 아무렇게나 구부러지고 튀어나온 철근들 사이에서 엉켜 있는 시멘트 더미들은 쥐라기의 거대한 짐승의 사체처럼 보인다. 살림 도구들을 미처 치우지 못했는지 사람의 의식주를 책임졌던 물건들이 그 사체의 내장에 나뒹굴고 있다. 장판과 물통과 여행 가방 같은 물건들이 햇빛 아래 뒤엉켜 있는 장면은 외설적이다. 사람이 한순간도 머물 수 없는 이곳의 주민은 서부이촌동의 골목에서 보았던 그런 고양이들이다.

폐허는 공간 너머의 시간이 있다는 것, 공간이 될 수 없는 시간이 있다는 것을 증명한다.

해방촌을 배경으로 한 이범선의 소설 「오발탄」에서 해방촌의 공간은 "산비탈을 도려내고 무질서하게 주워붙인 판잣집들이었다. 철호는 골목으로 접어들었다. 레이션 곽을 뜯어 덮은 처마가 어깨를 스칠 만치 비좁은 골목이었다. 부엌에서들 아무데나 마구 버린 뜨물이, 미끄러운 길에는 구공탄 재가 군데군데 헌데 더뎅이 모양 깔렸다"라고 묘사된다. 이 소설에서 치매에 걸린 실향민 노모는 '가자 가자'라는 뜻 모를 소리를 반복한다. 이 소설을 바탕으로 만든 유현목의 영화에서도 '가자 가자'라고 끊임없이 중얼거리는 장면은 흑백영화 시대의 가장 압도적인 씬의 하나가 되었다. 노파의 단말마와 같은 말은 고향으로 돌아갈 수도 미래로 나갈 수도 없는 인간들의 절망을 압축한다. 이 강렬한 청각적인 이미지는 여전히 해방촌을 떠도는 언어일 수 있다. 어떤 내용도 의미도 없는 육체의 언어가 가장 직접적으로 공포를 표현한다. 중얼거림이 되어버린 비명처럼.

어떤 장소에서 벗어난다 하더라도 그곳의 시간으로부터는 벗어날 수

없다. 너의 장소를 벗어난다 해도 너의 부재로부터 벗어날 수 없는 것
처럼.

해방촌 거리와 날카로운 대비를 이루는 곳 중의 하나는 갈월동의 왕
십리뉴타운 모델하우스이다. 서울역에서 용산 방향으로 가다보면 우뚝
서 있는 이 모델하우스의 카피는 "서울의 중심 특권을 소유하다"이다.
쾌적한 중산층의 삶의 공간을 '모델'로 전시한 모든 모델하우스가 그런
것처럼, 이곳의 '하우스'는 매끈하고 완벽하며 표피적이다. 이 모델하
우스의 내부에는 깨끗한 가구와 생활용품 들이 배치되어 있고, 가구 안
에는 세련되고 깨끗한 의복까지 걸려 있다. 서가에는 영어로 된 미술 서
적이 꽂혀 있고, 싱크대의 수도꼭지는 조명을 받아 지나치게 반짝거린
다. 이 가상공간에서 유일하게 실재적이어서 남루한 것은 구경하러 온
사람들과 그 사람들의 삶 자체이다. 일상적 삶의 공간이 이렇게 완벽할
수 있다는 것은 거짓말일 것이다. 이 완벽한 모델은 가상의 건물이며, 이
가건물은 분양이 끝나면 바로 철거될 시한부의 공간이다. 모델하우스
의 뒷면에 가보면 이 가건물이 얼마나 허술한 공간인지를 알 수 있다. 중
산층의 꿈을 호출하는 '뉴타운'의 들끓는 욕망은 한강변과 강남을 휩쓸
고 강북으로 향해 진군하는 중이다. 낡은 강북을 새로운 '강남'으로 거
듭나게 하려는 집단의 꿈을 전시하는 가상공간이 갈월동에 있다는 것
은 전혀 이상한 일이 아니다. 서울에서 최초의 모델하우스가 만들어진
것은 60년대 말 동부이촌동 개발 때라고 알려져 있다. 그 이후 이 땅에
얼마나 많은 가설의 '하우스'들이 쉽게 세워지고 철거되었는지는 헤아

릴 수 없다. '하우스'를 갖는다는 것이, 생의 '특권을 소유'한다는 것과
무관하다는 사실을 깨닫게 되는 데는 그리 오래 걸리지 않을 것이다.

주의력이 없는 도시

| 이태원

경리단길은 이태원 거리의 흥미로운 확장성을 보여주는 공간이다. 경리단길이라는 이름은 이곳의 입구에 자리한 육군중앙경리단서울시 용산구 회나무로 4 때문이다. 이태원이 번잡하고 화려하다면 이곳은 옛 홍대 거리를 연상시킬 만큼 작은 카페와 다국적인 음식점들로 이루어져 있다. 대규모 상업 시설 없이 작은 규모의 공간들이 나름의 방식으로 리모델링되는 이곳은 숨막히는 이태원 거리와는 달리 조금 여유 있는 산책의 공간이다. 카페와 다국적 음식점들의 거리를 조금만 더 올라가면 익숙한 점포들로 이루어진 소박한 삼거리가 나온다. 이 거리 역시 이태원 거리처럼 화려하고 번화한 장소가 될지도 모를 것이다. 작은 카페와 식당 들과 골목에 숨은 소박한 가게들이 사라져갈지도 모른다. 소규모 공간들이 보존되지 않으면 이 거리는 어느 순간 홍대가 그랬던 것처럼 장소의 고유성을 빼앗기게 된다. 거대 상업 시설이 들어오고 이 도시의 어디에나 있는 똑같은 대형 브랜드의 상점들이 들어선다면 이 거리는 순식간

에 사라질 것이다. 이를테면 몇 개의 '타코' 음식점과 무명 여배우_{서울시} _{용산구 회나무로 9} 같은 유머러스한 이름의 카페처럼 이 거리에만 있는 '무명' 의 간판들 말이다. 경리단길이 이태원의 뒷골목이라면 마이너의 끈질긴 개별성을 견뎌야 한다. 대규모 가게나 주차시설조차 없는 경리단길을 걷는 것은 의식적인 외출이라기보다는 우연한 산책에 가깝다. 이 거리 는 이태원의 피로감이 만들어낸 무심함의 형식이다. 어두워지면 이태원 은 맹목적인 열기로 가득하지만, 이 거리에서는 부드러운 일몰의 사소 한 충고를 들을 수 있다.

이태원이라는 이름의 역사는 놀랄 만큼 참혹하다. 이태원梨泰院이라는 이름은 조선 효종 때 이곳에 큰 배나무 숲을 만들었다는 이유로 불리게 된 것이지만, 원래는 조선 시대 공무 여행자들에게 숙식을 제공하던 여 관이 있던 지역으로 알려져 있었다. 임진왜란 때는 이곳에서 왜군에 의 한 치욕이 있었다고 한다. 이곳의 또다른 이름이 이태원異胎院이라는 믿 기 힘든 이름이었다는 것은 이 참혹한 역사를 암시한다. 왜군들이 이 지 역에 있었던 절 운종사에서 비구니들에게 성적 폭력을 가했다는 사실. 근대 초기에는 일본인 전용 거주 지역이 조성되어 이타인異他人이라는 이름도 갖게 되었으니, 이방의 문화라는 특색은 일찌감치 시작되었다. 식민지 시대 일제의 군사적 도시계획은, 남산 일대의 서쪽 욱천에서 한 강에 이르는 지역을 대규모 군사 지역으로 바꾸고 여기 역참마을을 강 제 이주시켜 이태원동과 이태원로를 만들기에 이른다. 이태원의 이방적 인 성격은 미군 부대가 들어서기 전부터 시작된 것이다. 용산의 서쪽이 효창공원 등 일본군 주둔지의 역사와 연관되고, 동쪽이 미군 주둔지의 영향하에 만들어졌다고 할 수 있지만, 시간의 지층을 파고들어가면 남산 기슭의 동쪽 지역에도 일본의 흔적이 남아 있다는 것이 드러난다. 미군이 주둔한 이후 이곳의 과수원과 소나무밭은 미군을 상대로 기념품을 파는 작은 가게들과 가건물 주점이 있는 기지촌 유흥가가 되었다. 습관적으로 무심하게 여기를 이태원이라고 부를 때, 그 이름 안의 참혹한 시간들을 다 불러낼 수 있을까? 차마 불러내지 못하는 시간의 이름들.

너의 이름은 뼈아픈 비밀과 같고, 나는 결코 '너'라는 단 하나의 이름에 닿을 수 없다. 너의 영혼과 삶을 정확하게 요약하는 이름은 없다. 이름은 불가능하지만, 또한 불가피하다. 너에게 꼭 어울리는 이름은 없다.

이태원의 잡스러움과 기이한 활력은 어디서 시작되는 것일까? 요란한 용무늬 자수를 새긴 국방색 점퍼를 입은 미군들과 짧은 가죽 치마를 입은 여자들이 어울려 만들어내는 장면은 생경했을 것이다. 여름날 이 거리에 서 있으면 친구들과의 약속에 들뜬 젊은 여자들, 외제차를 주차하려는 젊은 남자, 전대를 허리에 두른 노점상들, 쉴 새 없이 떠드는 중국인과 중년의 일본인 여성 관광객, 티셔츠와 반바지 차림의 미군들과, 영어에 섞여 어디선가 들려오는 아랍 음악이 한 장면 속에 있다. 이태원은 이 도시의 가장 다양한 인종의 전시장이다. 이런 장면들은 내국인들에게는 혼란을 만들어내기에 충분했고, 내국인들의 평균적인 삶과 문화에 단절과 균열의 경험을 선사했을 것이다. 그 혼란과 균열의 경험은 불편

하면서도 한편으로는 매혹적인 것이었다. 전철을 타고 이태원역에 내려 길고 가파른 에스컬레이터를 타면 금방 눈치챌 수 있다. 그 에스컬레이터가 지하로부터 순식간에 이방의 세계로 사람들을 실어나른다는 것을. 이곳에서 한국인은 주인도 아니며 어쩌면 내국인도 아니다. 거리로 나오면 외국인 특유의 몸냄새와 각종 향수 냄새와 이국적인 음식 냄새가 순식간에 뒤섞인다. 이곳이 모든 것을 뒤섞는 이방의 세계임을 직감한다. 국가의 안과 밖이 전도된 이 장소에서 한국인은 다만 여행객일 뿐이다. 한국인을 여행객으로 만드는 이 기이한 공간을 소비하려는 한국인들로 이곳은 언제나 넘쳐난다.

60년대 이후의 이태원은 미군들과 일부 일본인들을 상대로 모조품을 파는 상가와 유흥가로서 형성되기 시작했다. 70년대 후반에는 섬유산업의 호황기를 맞아 값싸고 특색 있는 보세 물품을 살 수 있는 쇼핑가로 알려지기 시작했고, 1980년대에 들어와 아시안게임과 올림픽 등으로 쇼핑 관광 명소가 되기 시작하였다. 이태원은 저렴한 브랜드 제품과 가죽 제품의 거리로서 외국인들의 쇼핑 투어 코스에 필수적인 지역이 되었으며 외국인을 위한 유흥업도 번성하게 되었다. 1990년대 후반 이후 일본, 중국은 물론 동남아, 중동 지역, 아프리카 방문객이 늘어나면서 이곳은 미군 중심의 거리에서 세계의 모든 인종들이 찾아드는 다국적인 거리가 되었다. 2000년대 후반 이국적이고 특색 있는 레스토랑과 카페와 디자인 소품 가게들이 들어서면서 이곳은 혼종적인 문화와 트렌디한 스타일의 매혹을 선보이는 소비의 천국이 되었다. 하지만 이 기이한 천국의 풍경 속에서 시간의 심도와 공간의 심도를 기대해서는 안 된다.

전통적으로 해밀턴 호텔_{서울시 용산구 이태원로 179} 서쪽에 쇼핑센터가 발달했다면, 동쪽은 유흥가가 발달했다. 영어, 아랍어, 일본어 등의 이국적인 언어만으로도 이곳이 바로 이태원이라는 것을 말해준다. 이벤트를 위해 거리에 나부끼는 만국기를 보고 있으면 이곳이 이방의 모든 것이 허락되는 카니발의 장소처럼 보인다. 이 도시의 어디서나 볼 수 있는 패스트푸드와 스포츠 브랜드 등도 있지만, 그 안에 들어가보면 외국인의 비율에 놀라게 된다. 이곳의 가게들 중에는 다른 곳에는 구할 수 없는 것들을 파는 곳이 많다. 거구의 미국인들이 찾는 빅 사이즈의 옷을 파는 가게나 동양 관광객들이 좋아하는 가죽 제품 전문점, 요즈음 흔치 않은 맞춤 양복점 같은 것들이다. 이태원스러운 물건들은 쇼윈도에 걸린 원색의 무대 드레스, 좁은 골목들에 걸린 조잡한 기념품과 파티용 탈들과 복주머니, '아이 러브 코리아'라고 쓰여 있는 티셔츠, 브랜드가 없거나 브랜드를 흉내낸 여행 가방들, 쇼핑센터의 형광색 넥타이, 노점의 힙합 모자와 선글라스, 가죽으로 만든 점퍼 같은 것들이다. 그것들은 마치 이국적이고 세련된 식당들 옆에 '지리산 보살' 같은 점집이 자리하고 있는 것과 같아서, 생뚱맞은 것들을 한데 뒤섞어놓은 '이태원스러움'을 만든다. 이곳은 주의력이 없는 도시. 누구든 이곳에서는 산만해진 자신을 발견한다.

이태원 전 지역에 산재해 있는 독특한 외국 식당들, 이를테면 이탈리아, 프랑스, 터키, 태국, 멕시코, 그리스, 스페인, 요르단, 벨기에, 불가리아, 파키스탄 식당 등은 이곳 음식 문화의 이국적인 다양성을 보여준다. 해밀톤 호텔의 뒷골목에 자리잡은 다양하고 매혹적인 레스토랑들과 카페들은 이태원으로 사람들을 불러모으는 요인이 되었고, 커밍아웃한 연예인이 운영하는 유명한 음식점들이 이곳에 있다는 것도 이 골목의 스토리에 풍성함을 더했다. 이곳의 식당들이 주는 매혹의 핵심은 '오리지널'의 맛과 스타일에 유사하다는 것, 한국화되지 않은 본토의 맛을 보존한다는 것이다. 하지만 역설적으로 이태원은 결코 '오리지널'이 될 수 없는 곳이다. 이곳은 오리지널 이전에 있거나 오리지널 이후에 있는 곳. 그 기이한 활기, 다양성의 과잉에도 불구하고, 이곳은 뉴욕이나 홍콩이 될 수 없다.

1997년 한국 대학생에 대한 이유 없는 살인으로 충격을 주었던 '이태원 살인 사건'의 장소였던 햄버거 가게 자리엔 지금은 다른 브랜드의 가게가 있다. 그 가게를 스쳐지나거나 그 건물을 들락거리면서 이곳이 어떤 곳이었는지 기억하는 사람은 많지 않을 것이다. 두 명의 명백한 용의자가 있었지만, '범인'이 없었던 이 기이한 사건이 해결되기 위해서는 아주 긴 시간이 필요했다. 가장 번잡한 이태원 거리 한복판의 그 좁은 화장실에서 무슨 일이 벌어졌는지 알기 위해서는 그토록 많은 날들이 지나가야 했다.

여행객이란 그런 것이다. 누군가가 장소의 스토리를 말해주기 전에는 그 장소의 의미를 알 수 없으며, 그 장소의 의미는 여행객의 시선 앞에 한없이 가벼워지거나 무화된다. 이태원에서는 모든 사람이 여행객이 된다. 외국인이든 내국인이든 이 거리는 여행객의 거리다. 여행의 시작은 알 수 있지만, 아무도 그 여행의 끝을 알지 못한다. 어떤 시간도 완전히 수습되지 않은 채 어느 순간 닫힐 수도 있는 길, 끝없이 도착이 연기되는 길의 시간을 여행이라고 할 수 있을까?

어쩔 수 없는 오인과 참혹한 우연으로서의 생은 결국 전모를 다 알기도 전에 불현듯 마감될 것이다. 이번 생의 여행이 어떤 장면에서 멈추게 될지 알지 못하기 때문에, 생은 비밀로 남게 된다.

이태원로의 서쪽에는 미군 기지와 전쟁기념관이 있고, 동쪽으로는 한강진역과 한남동 유엔빌리지와 통하는 길이 있으며, 북쪽은 하얏트 호텔과 고급 주택가가 있고, 남쪽으로는 보광동의 서민 주택들이 있다. 그리고 이태원로의 중심에는 해밀턴 호텔이 있다. 사람을 만나기 위해 이 건물의 앞에 서 있는 사람들 중에서 실제로 이 호텔의 안으로 들어가는 사람은 드물 것이다. 이 호텔의 이미지는 호텔에 붙어 있는 쇼핑센터의 전형적인 이태원풍 물건들로 상징된다. 원색의 롱드레스 같은 것은 이 쇼핑센터에 가장 어울리는 스타일일 것이다. 브랜드를 짐작하기 힘든 의류와 가죽 제품과 가방을 팔고 있는 이 쇼핑센터는 내국인 손님으로 붐비지 않는다. 이 거리의 랜드 마크임에도 불구하고 이 호텔은 고급하고 세련되지 않다. 남산의 하얏트 호텔이나 한강진 방향으로 새로 세워진 IP부티크 호텔 서울시 용산구 이태원로 221과 비교해도 이 호텔은 낡고 투박하다. 시대에 뒤떨어진 이 호텔의 갈색 외관은 용산전자상가의 나진상가 건물 색채와 흡사하다. 같은 시대의 부산물이었던 것들. 한때는 가장 새로웠을 것들.

해밀턴 쇼핑센터 입구에 한국 연예인의 사진을 파는 가게와 도장과 혁필화를 파는 가게가 있다. 민화의 문자도文字圖로부터 파생된 혁필화는 6·25 전쟁 후에는 피난민 혁필 화가들로 인해 장터마다 볼 수 있었으나, 이제는 인사동이나 민속촌에서 주로 외국 관광객들을 상대로 명맥을 이어간다. 해밀턴 호텔 앞의 혁필화 가게는 삼각지의 액자 가게의 모작 그림들처럼 예술가로 인정받지 못한 재인才人들의 고단한 삶과 비애를 연상시킨다. 순식간에 그릴 수 있는 그림, 점차로 소멸을 앞두고 있는 민속예술인 혁필화는 세상의 모든 문화로 들끓는 이태원의 숨겨진 일부이다. 빨간 모자를 쓰고 멋진 수염을 기른 혁필화 작가는 이제 전통적인 유교적 문구를 쓰는 것 대신에 '어서 오십시오' 'KOREA' 같은 장식 글씨들을 팔고 있다. 녹색과 노란색과 붉은색 혁필화로 장식된 'KOREA'는 이 장소의 잡스러움을 정확하게 표현한다. 한 블록만 걸어가면 나타나는 리움 미술관의 고급한 전시품과 '꼼데가르송'의 대중적인 아방가르드와, 해밀턴 호텔의 혁필화 가게가 동거하는 곳, 여기 이태원이다.

뜨거운 여름이면 이 호텔의 작은 수영장에는 미국식 파티 문화를 모방한 이벤트가 벌어진다. 베란다 공간을 이용해서 만든 것으로 보이는 이 작은 수영장에는 미성년자가 입장할 수 없고 술과 담배를 즐길 수 있다. 이 수영장에서 젊은이들은 하루종일 울려퍼지는 클럽 음악에 몸을 맡기며 미국식 수영장 파티를 즐겨보려 한다. 하지만 미국식 파티를 만끽하기에 이 수영장은 너무 비좁아 태양 아래 여유롭게 몸을 누이거나 수영을 즐기는 것도 거의 불가능하다. 빨간 브리프 수영복을 입은 키 큰 젊은 남자애가 클럽 음악에 맞추어 과도하게 허리를 흔들면 곳곳에서 환호성이 터져나온다. 이곳은 미국식 수영장 파티의 모조 공간일 뿐이며, 이태원 클럽을 작은 수영장에 옮겨놓은 것이라고 할 수 있다. 인접한 남산 자락의 고급한 호텔들과 한남동, 강남 문화의 느낌과 비교하면 해밀톤 호텔의 이런 투박한 외설은 되려 흥미롭다. 여름날의 해밀톤 호텔에는 이 도시 전체의 눅눅한 열기가 집약된다. 참을 수 없는 태양은 더 높이 수직으로 솟아올라서 이 비좁은 모조 파라다이스의 세계 속에 꿈틀거리는 젊은 육체들을 감싼다. 정오의 그림자가 더욱 짧아지면 이 도시는 오랜 비밀들을 완전히 감춘다.

해밀톤 뒷골목의 뜨거운 장소 중 하나는 '디스트릭트' 건물이다. 펍과 클럽과 라운지 바가 층별로 구비된 이 건물의 외관은 세련되고 고풍스러우며 절제되어 있다. 새로운 랜드 마크임에도 불구하고 회색 외벽과 큰 아치형 창문 등으로 전통적인 느낌과 내부가 보이는 개방적인 감각을 동시에 만들어내는 것이 이곳 득의의 스타일이다. 내부는 절제된 외관에서 해방되어 더 화려하고 이국적이며 몽환적이다. 편안하게 앉아 맥주를 마시는 곳과 근처에 있는 B1서울시 용산구 이태원로 179 해밀톤 관광호텔 지하2층처럼 라운지 음악에 맞추어 몸을 움직이며 칵테일로 입술을 축이는 곳, 그리고 전형적인 클럽이 한 건물 안에 있다는 것만으로도 이 공간은 이태원 엔터테인먼트의 결정체라고 할 수 있다. 라운지 바는 트렌디한 음악이 깔리고, 적지 않은 외국인들과 블랙 미니 드레스를 차려입은 여자들과 소위 '셀럽celeb'들이 발견되는 곳으로, 고급한 파티 문화의 분위기를 경험할 수 있다. 이 공간은 이태원 밤 문화가 도달한 정제된 수준을 보여준다. 이 라운지 바의 지나치게 세련된 감각은 길 건너의 미군들이 많은 서울펍서울시 용산구 이태원로 176 같은 곳의 소박함과 선명한 대조를 이룬다. 노란 바탕에 태극마크 로고가 피할 수 없이 이태원스러운 이 유서 깊은 펍에서, 미군들은 청바지에 낡은 티셔츠 차림으로 맥주 한 잔을 시키고 몇 시간을 떠들다가 미련 없이 일어난다. 이런 소박한 스타일에 비하면, 이 디스트릭트 공간은 이태원을 넘어서는 또다른 과잉을 보여준다.

이 거리는 낙원인가? 어쩌면 모든 것이 허락되는 인공낙원처럼 보이기도 한다. 그러나 스타일의 접합과 스타일의 과잉은 탐닉의 너머에서 이 매력적인 물질과 육체와 공간의 무가치함을 역설적으로 전시한다. 이 낙원은 지상의 낙원이기 때문에 여전히 허구적이고 피상적이며, 사람들은 그 낙원의 공기를 하룻밤 호흡하고 상투적인 귀가를 해야만 한다.

다른 삶의 기미를 만날 수 있지만, 다른 삶은 결코 시작되지 않는다.

해밀톤 호텔 거리 뒤 이태원의 골목 안으로 들어가면 어두운 골목들과 계단들이 만들어내는 단절의 세계를 만날 수 있다. 작은 골목을 사이에 두고 외국인 주택과 고급 주택과 낡은 주택 들이 동거하고 있다. 구불구불하고 비틀리거나 굽은 골목길들에는 구멍가게의 작고 낡은 간판도 보인다. 시간과 계층의 다양성 때문에 이태원에서 공간은 끝없이 미분된다. 이태원의 윗동네로 올라가면 거대 재벌 기업의 주인들이 사는 저택들이 있다. 골목이 잘린 곳의 어둡고 좁은 계단들은 이 거리가 남산 자락의 구릉지에 만들어졌다는 것을 기억한다. 금요일 밤이면 걸어다니기 힘들 만큼 엄청난 사람들로 붐비는 거리에서, 골목 쪽으로 몇 걸음만 더 깊이 들어가면 정지된 시간의 표정을 만날 수 있다.

희미하게 사라져가는 골목과, 내 그림자를 끌고 사라져버리고 싶은 골목들.

무한으로 진입하는 밤

| 후커 힐

해밀톤 호텔에서 한강진 방향으로 길을 건너가다 이태원 소방서 옆길로 들어서면 외국인 전용 클럽과 트랜스젠더 바, 게이 바가 밀집한 언덕이 나온다. 이태원2동 구역은 해밀톤 호텔 부근과는 다른 차원에서 이 장소의 이국적이고 불온한 느낌을 직접적으로 전달한다. 세련된 트렌드를 만날 수 있는 이태원이 아니라 맨얼굴의 이태원을 볼 용기가 있다면 이곳을 만나야만 한다. 남루하고 불길하며 퇴폐적인 느낌이 오롯이 살아 있는 이방의 거리. '후커 힐Hooker Hill'이라고 불리는 언덕은 낮에는 허름하고 한산한 길이지만, 밤이면 전혀 다른 얼굴로 바뀐다. 대낮에 이곳을 지나치면 마치 곧 폐쇄될 것 같은 낡은 유흥가처럼 보인다. 모든 것을 소진해버리고 사라져가는 것처럼 보이는 장소가 밤이 되면 어떤 기이한 활기를 되찾는지를 짐작하는 것은 쉽지 않다. 해밀톤 호텔에서 녹사평역 방향의 가게들은 밤이 되면 셔터를 내리기 시작하고 이태원 시장의 가게들도 문을 닫지만, 무한으로 진입하는 후커 힐의 밤은 비로소

시작된다.

60, 70년대 미군을 상대로 한 유흥가와 홍등가였던 이 지역은 여전히 그 시간에서 움직이지 않고 정지해 있다. 왼쪽 골목의 '청소년 통행 제한 구역'이라는 도로 위의 표식은 70, 80년대의 유흥가를 연상시킨다. 이 골목 안에는, '이브' '치어스' 같은 간판을 달고 있는 허름한 유흥주점이 남아 있다. 이 골목 끝의 오르막길을 오르면 무대화와 무대복을 파는 작은 가게가 나타난다. 붉은빛의 낡은 처마 아래 반짝이는 은색의 롱드레스를 쇼윈도에 걸어놓은 이 가게가 이 골목의 끝을 지키고 있다는 것은 필연적인 것처럼 보인다. 은색 비늘로 뒤덮여 허물처럼 보이는 너풀거리는 주름 장식의 드레스는 모호한 비애를 뿜어낸다. 이 골목을 벗어나면 언덕에 이태원랜드서울시 용산구 우사단로14길 34라는 이름의 오래된 한국식 찜질방이 있다. 전통 가옥의 지붕과 기둥을 콘크리트 건물 입구 쪽에 조잡하게 덧붙인 이 건물의 어색함은 이곳에 드나드는 외국인들과 단체 관광객들을 보게 될 때 더욱 배가된다. 보광초등학교로 올라가는 이 언덕길의 두번째 골목은 '게이 힐Gay Hill'이라고 불린다. 주말 밤이면 남성 동성애자들이 몰리는 이 골목에는 게이 바들과 게이 클럽들이 모여 있다. 이곳은 성적 소수자들에게 일종의 해방구이며, 보수적인 질서가 지배하는 언덕 아래의 세계로부터 분리된 '게토'이다.

'후커 힐' 위쪽의 언덕에 있는 이슬람 사원 지역은 이태원의 또다른 다양성을 증명한다. 이곳은 1970년대 중동 건설 붐에 따라 중동 국가들과

후커 힐

의 관계 형성을 도모하면서 형성된 곳이다. 이슬람 사원과 이슬람 성원이 있기 때문에 이곳을 중심으로 이슬람 상점들이 모였고, 무슬림들이 거주하며 이슬람 공동체가 형성되었다. 중동 지방에서 온 이주 노동자들의 증가도 이곳을 그들의 문화적인 중심으로 만들었다. 이태원 소방서 위로 올라가 보광초등학교에서 왼쪽으로 방향을 틀어 오르다보면 허름한 주택들 사이로 낯선 아랍어 간판들이 나타나기 시작한다. 이슬람의 옷과 히잡, 장신구를 파는 가게부터 아랍 과자와 음료수를 파는 식품점과 코란을 파는 서점, 아랍어 글씨들이 붙어 있는 여행사 등을 볼 수 있다. 이슬람식으로 도축한 고기인 '할랄Halal' 푸드를 파는 슈퍼는 이곳에서는 익숙한 장소이며, 아랍어 간판으로 된 정보 통신 기기 상점도 있다. 이 거리로 들어서면서 가장 먼저 만나는 감각 중의 하나는 골목 어딘가에서 새어나오는 이국적인 향신료 냄새이다. 근처의 터키, 인도 음식점 등에서 새어나온 것으로 짐작되는 중동과 인도 음식을 섞은 듯한 이 냄새는 이 거리에 다른 공기를 주입한다.

이국적인 분위기로 접어든 골목 끝에 신비한 문양의 파란 아치형 문이 나타난다. 정교한 타일 장식의 문에는 "하나님 이외에 다른 신은 없습니다. 무함마드는 그분의 사도입니다"라는 큰 글귀가 한글로 쓰여 있다. 한강 쪽에서 남산 방향으로 운전하다보면 이태원 언덕 위에 자리한 건물 한국이슬람교중앙회서울시 용산구 우사단로10길 39가 전혀 다른 세계의 성처럼 서 있다. 모스크를 상징하는 지붕 중앙의 돔과 앞쪽 두 개의 높고 하얀 첨탑, 그리고 주위의 작은 첨탑들이 사원의 외관을 장식한다. 둥근 지붕과 두 개 첨탑 꼭대기에는 초승달이 올려져 있는데, 초승달은 이슬람에서 신성하게 여기는 대상이다. 초승달이 뜬 밤, 신이 말씀을 주기 때문이다. 여자가 맨살을 드러내면 안 되고, 예배당으로의 들어가는 남녀의 입구가 다르며, 생리하는 여성은 예배를 할 수 없다는, 이런 이질적인 이슬람 문화의 사원이 이태원 언덕 높은 곳에 서 있다는 것은 흥미로운 상징이 될 수 있다. 빵집을 비롯한 이 거리의 상점들 가운데 가장 많이 보이는 글귀는 '살람'이라는 것인데, '평화'라는 의미다.

이슬람 사원 앞에는 한때 경찰서였던 것으로 보이는 폐쇄된 건물과 오래된 공중전화 부스가 있다. 이 폐쇄된 건물의 얼룩진 민트색과 이슬람 사원의 파란빛은 기묘하게 어울린다. 흐린 오후 이 전화 부스에서 어딘가로 전화를 걸고 있는 아랍 청년의 깊고 불안한 두 눈을 보는 일은 조금 불편하다. 그들의 신은 청년의 눈 속에도 깃들어 있을 것인가? 그 이방의 얼굴을 어떻게 맞이할 수 있을까?

'살람 알레이쿰'

이태원의 외국인 공동체는 이슬람 외에도 있다. 이슬람 지역에서 다시 이태원 지구대로 내려오는 길에 아프리카 거리를 만날 수 있다. 클럽 골목 주변의 이화시장 한편에는 '나이지리아 거리'로 불리는 곳이 있다. 아프리카에서 온 외국인을 위한 각종 생필품 가게와 미용실 등이 모여 있고, 전형적인 한국 분식점과 음식점도 나란히 함께 있다. 아프리카 레게 머리 전문 미용실, 아프리카 레스토랑 등 아프리카 관련 가게들에 한국인이 선뜻 출입하기란 쉽지 않을 것 같다. 트랜스젠더 바와 허름한 모텔, 작은 교회와 노래방, 분식점과 전파사, 순댓국집과 골목 끝의 케밥 상점까지 이 모든 것이 공존한다. 머리 위에 걸려 있는 낡은 만국기는 하늘에 걸려 있는 것이 아니라, 이 거리의 이름 붙일 수 없는 눅눅한 공기 위에 떠돈다.

이태원의 다양성은 미국식 문화뿐만 아니라 아랍, 인도, 아프리카의 문화들이 동거하는 데 있다. 이태원의 문화적 다양성이 폭발하기 시작한 것은 이식된 미국 문화를 넘어서 제삼세계의 다른 문화가 유입되면서부터이다. 이곳에서 거주하거나 활동하는 외국인들의 국적은 이제 미국을 넘어서 나이지리아, 몽골, 필리핀, 우즈베키스탄, 방글라데시 등으로 매우 다양하다. 90년대 이후 정부가 외국인 산업 연수생 제도를 도입하면서 파키스탄, 방글라데시 등의 노동자들이 이곳으로 몰려든 것도 중요한 계기가 되었다. 그들은 이주 노동자이거나 무역상일 수도 있고, 어학 강사이거나 무용 강사일 수도 있으며, 음식점을 할 수도 있고, 상상할 수 없는 일을 하는 사람들일 수 있다. 어쩌면 그들은 '난민'일 수도 있으며, 이곳에서는 모두가 난민이 된다. 이곳의 사람들이 이태원에 거주하는 삶의 방식은 미군의 그것과는 사뭇 다를 것이다. 그들은 이 도시의 해방군으로 들어오지도 않았고 새로운 지배자도 아니다. 미군과 미국인들의 소비를 위해 존재하던 공간은 다국적 활력이 들끓는 이질적인 공간으로 변모해간다. 히잡을 쓴 여인이 교회 앞을 무심히 지나가는 곳, 보수적인 종교인 이슬람 사원 주변에 게이 바와 트랜스젠더 바가 밀집되어 있는 곳, 이런 공간을 뭐라고 불러야 할까? 어떤 이름으로부터도 미끄러져 달아나며, 어떤 순결과 지배의 신화로부터 자유로운 거리.

이태원역에서 보광동 방면으로 조금만 걸어가보면, 앤티크 가구거리가 나온다. 이 거리가 형성된 것은 1960년대 미군들과 대사관 직원 가족들이 한국을 떠나며 내놓은 고가구들이 모이면서부터라고 한다. 낡은 앤티크 의자들과 탁자, 정원의 조각상, 주방 용품, 시계와 찻잔 등 인테리어 소품들이 이 거리에 넘쳐난다. 대개 서구적인 스타일을 보여주지만, 아랍 쪽의 물품과 물담배 기구를 파는 가게, 티베트와 중국의 전통 가구를 파는 가게도 있다. 지배적인 것은 유럽풍의 가구들이다. 전형적인 컨트리풍의 주방 용품들도 있지만, 영국과 프랑스에서 수입된 100년 된 고가의 가구도 있다. 호화롭고 고색창연한 가구들을 보면, 이 물건들을 사용한 사람들의 미지의 얼굴이 조금은 궁금해진다. 이 거리를 영국 노팅 힐의 빈티지 마켓 거리의 이름을 빌려, 한국의 '포토벨로 마켓Portobello Market'이라고도 한다. 영국의 유럽풍 앤티크 가구거리와 이태원의 앤티크 가구거리가 같을 수는 없을 것이다. 이 거리는 유럽 가구로 상징되는 유럽적인 전통과 삶에 대한 미국인들의 소비 방식이 한국이라는 이방의 나라에서 남겨진 이중의 흔적이다.

세상에는 세 가지 종류의 물건이 있을 것이다. 버릴 수 있는 물건과 버릴 수 없는 물건, 그리고 버릴 수도 없고 바라볼 수도 없는 물건. 세번째 물건이 많은 사람은 돌보지 않아도 되는 창고가 필요하다. 내게 가장 절실했던 공간.

캘리포니아의 '게티 미술관'과 '게티 빌라'에 가면, 엄청난 수준의 유럽 미술품들을 볼 수 있다. 석유 재벌이 만든 이 미술관에는 그리스, 로마와 중세 유럽의 미술품들이 가득하다. 고색창연한 유럽 미술과 전통 가구들은 폼페이의 유적지와 로마 정원, 유럽 궁정의 실내 공간을 재현한 모조 공간 안에 배치되어 있다. 미술품들은 찬란하지만 그것들은 그 미학적 깊이가 제거된 채 표백되어 있고 박제되어 있다는 느낌을 준다. 유럽적인 시간에 대한 미국적인 컬렉션의 통속성. 거기서 전통이 물신화되는 장면은 이태원의 가구거리에서도 그대로 재현된다. 시간의 물신화야말로 이태원이라는 거리가 가진 또하나의 표정이다. 세일하는 낡은 의자들이 가게 앞의 거리에 나와 있다. 봄비가 내리는 날, 이 거리의 의자들을 가게 안으로 옮기는 분주한 그때가 어쩌면 이 거리의 결정적인 순간일 것이다. 용산에서 미군 부대가 완전히 철수하는 때, 이 가구거리는 미군들이 남긴 가구들로 다시 한번 넘쳐날지도 모른다. 그런 의미에서라면 앤티크 가구거리는 이태원의 낡은 미래이다.

사람과 시간 사이의 신호

| 남산

이태원의 번잡함이 지겨워져서 문득 어두운 하늘 저편을 보게 된다면, 그곳에는 어김없이 남산이 있다. 남산은 용산구와 중구의 경계에 있는 산이다. 이것이 의미하는 것 중의 하나는 남산이 한양 도성과 그 외곽의 경계선이었다는 것이다. 남산은 서울을 보호하는 성곽인 동시에 서울에 진입하는 통로였으며 서울 시내를 정신적으로 지배하는 상징이었다. 이런 이유로 남산의 역사는 용산의 다른 지역들처럼 처절한 내력을 갖는다.

임진왜란 당시 왜군의 주둔지였던 이곳에 식민지 시대 일본은 왜성대 공원을 만들고, 그 공원에는 경성신사를 세웠다. 일본공사관, 통감부, 총독부 등도 남산 일대에 들어섰다. 1925년에는 조선신궁을 만들었고 남산 꼭대기에 위치하던 국사당을 헐어 인왕산으로 옮겨버렸다. 신궁에 오르기 위해 삼백여든네 개의 계단을 만들었으며 남대문에서 조선 신궁에 이르는 참배를 위해 도로를 낸 것이 오늘날 소월로의 기초였다고 한다. 광복 후 신사는 철거되었으나 50년대에는 이승만 대통령의 동상이 건립되었고 그의 호를 딴 우남정이 세워졌다가 4·19 때 철거되었다. 박정희 시대에는 남산도 개발과 독재의 상징이 되어갔다. 60년대에 남산 케이블카, 남산도서관, 남산식물원이 만들어졌다. 남산식물원 자리는 일제가 한양도성의 성곽을 없애고 조선신궁을 축조했던 곳이다. 박정희 시대에 이곳에는 공포정치를 상징하는 '중앙정보부'가 만들어졌다. 5공화국 시절에는 '국가안전기획부'로 이름을 바꾸었지만, '남산에 끌려갔다'라는 무서운 환유가 말해주는 것처럼, 남산은 절대 권력의 폭력과 공포의 상징이 되었다. 이 환유는 서울의 장소에 관한 것 중에 가장 무섭고 끔찍한 것에 속한다.

N서울타워_{서울시 용산구 남산공원길 105}는 1969년 텔레비전과 라디오 방송을 위한 종합전파탑으로 세워진 것으로 이후 1980년에 일반에게 공개되어 관광 명소로 등장하게 되었다. 2005년 전면 개설공사를 하여 N서울타워로 개장했다. 지금 타워는 화사한 상점들과 현란한 LED 조명으로 둘러싸여 있고 젊은이들이 약속의 상징으로 자물쇠를 매달아놓는 명소가 되었지만, 팔각정 옆에 있는 봉수대는 이 장소의 전통적인 의미가 무엇인지 말해준다. 타워 옆의 철제 전파 송신탑이야말로 어쩌면 봉수대의 본래적 역할을 이어가고 있는 것이다. 그러니까 사람과 사람 사이의 신호, 누군가는 아직도 반짝이는 N서울타워가 신호를 보내고 있다고 믿을 것이다.

이런 시절 남산의 이미지는 N서울타워 못지않게 그 아래에 있는 옛 어린이회관 건물에 의해 형성되었다. 이 건물은 70년대 국정교과서의 앞부분에 등장하는 서울의 지배적인 이미지 중 하나였다. 서울에 처음 왔을 때 남산을 둘러싼 이미지 가운데 가장 강렬했던 것도 이 건물의 거대한 둥근 지붕이었다. 1970년에 세워진 이 건물은 처음에는 어린이회관으로 문을 열었으나 나중에 국립중앙도서관으로 이양되기도 했다. 남산 중턱에 우뚝 서 있는 하얀 건물과 그 위에 부풀어오른 둥근 지붕은, 마치 사람들을 빨아들이는 우주선이 내려앉아 있는 듯했다. 이 건물은 서울이라는 공간이 가진 거의 모든 뉘앙스를 압축하고 있었다. 현대적인 것의 경이로움과 표정이 지워진 거대한 두개골의 공포 같은 것. 지금 이 건물은 '서울시교육연구정보원'이라는 생소한 이름으로 바뀌어 있고 일반인들이 출입하기 어렵지만, 건물의 입구에 한 시대의 독재자의 부인이 쓴 머릿돌의 글씨만이 흔적으로 남아 있다. 이 건물로 올라가는 한쪽 면의 거대한 계단이 옛날 '조선신궁'에 오르는 계단의 일부였다는 것을 그 시절 내게 알려주는 사람은 없었다. 높고 가파른 계단은 고행자의 순례지와 같다. 둥근 지붕의 거대하고 하얀 두개골이 도시를 덮고 있다는 생각은 이 도시에 대한 일생 몫의 상상력이었다. 부풀어오른 두개골과 N서울타워의 날카로운 첨탑의 불길한 대비는 도시에 대한 내 오랜 공포를 대신했다.

이 거리에 영혼의 거점 같은 것은 처음부터 없다. 이곳은 영혼 밖에 있는 풍경. 이제 너와 함께 걸을 수 있는 것은 풍경 밖의 일이다.

3부 —

침묵의 상속자들

동선

꼼데가르송 거리
↓
한남동 언덕
↓
동부이촌동
↓
한강변 다리
↓
용산가족공원
↓
국립중앙박물관
↓
남일당 터

서울용산국제학교
리움 미술관
한남초등학교
꼼데가르송 거리
한남외국인아파트
제일기획
한남동 언덕

남일당 터

국립중앙박물관

용산가족공원

동부이촌동

반포대교

닿을 수 없는 언덕

| 한남동

번잡한 이태원에서 한강진역 쪽으로 가기 위해서는 이 나라에서 가장 유명한 광고 회사의 건물 제일기획서울시 용산구 이태원로 222과 그 주변의 일본식 주점들을 지나야 한다. 그리고 어떤 경계를 넘는 것이다. 길은 이태원 거리의 번잡함과 가볍게 결별하고 다른 세계로 들어가는 여유로운 공기를 선사한다. 유럽 자동차 브랜드의 전시장과 일본 디자이너가 유럽에 진출해 만든 브랜드의 매장, 고급한 레스토랑과 엄청난 규모의 디저트 카페 건물, 이 나라 최고 자본이 세운 뮤지컬 공연장과 미술관에서 하얏트 호텔로 이어지는 상류층 문화 지구가 만들어진다. 이제 이태원의 난삽함과 차별되는 한남동 문화의 한복판으로 나아간다. 고급 카페, 부티크 상점, 편집숍과 플래그십 스토어 들이 잇달아 들어서면서 이곳은 난삽한 이태원 B급 문화와의 차별을 공간의 정체성으로 삼게 되었다. 꼼데가르송 서울시 용산구 이태원로 261, 패션파이브 서울시 용산구 이태원로 272 같은 거대하고 세련된 건물만으로도 이곳은 이태원의 번잡함과는 관계가 없

다는 것을 알게 된다. 일본 디자이너의 독특한 디자인 상품과 건너편 디저트 카페의 현란한 모양의 케이크들을 보면, 이곳을 '제2의 가로수길'이라고 말하는 이유를 짐작할 수 있다. 그러나 '후커 힐'과 '나이지리아 거리'에서 한 블록만 지나면 나오는 이곳 역시 다름아닌 이태원의 일부이며, 동시에 강남 문화의 기원으로서의 한남동 문화의 일부라고 할 수 있다.

일본 디자이너 레이 가와쿠보가 만든 꼼데가르송 매장이 이 거리의 랜드 마크가 된 것은 흥미로운 일이다. 아방가르드와 안티 패션의 스타일로 서구 패션계에 충격을 주었던 일본 디자이너의 '소년들 같은'이라는 뜻의 프랑스어 브랜드에 어울리는 현대적인 스타일의 유리 외관. 플레이 라인의 찌그러진 빨간 하트 모양 안에 살짝 올라간 눈꼬리로 표현된 단순하고 유머러스한 로고의 이미지. 이 장난기 가득한 아방가르드는 새로운 스타일의 욕망을 소비하는 공간으로서의 이 거리의 이미지를 대변한다.

이런 분위기는 카페와 문화공간과 작업공간을 겸하면서 새로운 형태의 문화공동체를 시도하는 테이크아웃드로잉서울시 용산구 이태원로 252과 신진작가를 지원하는 미술 담론의 공간이 되고자 하는 아마도 예술공간 서울시 용산구 이태원로 54길 8 등 대안적 문화공간의 실험으로 이어진다. 지금 한남동 골목에서는 독립 디자이너들과 작가들의 작업 및 전시 공간들이 빠른 속도로 생겨나면서 '한남동 르네상스'가 만들어지고 있다. 제일기획에서 한강진 방면 도로의 뒷편 골목 쇼룸과 작업실을 겸한 공간들에서는 전시와 협업이 동시에 이루어지며, 대기업의 자본에 휩쓸리지 않는 문화적 공유 지점을 생성해가는 중이다. 새로운 예술가들과 디자이너 들의 상상력과 변덕은 한남동 골목의 공기를 매일 바꾼다. 한남동의 예술가들과 디자이너들은 삼각지의 '이발소 그림'과 '모작' 들과 얼마나 먼가? 혹은 용산의 구름 아래서 얼마나 가까운가?

이슬람교중앙회로부터 시작되는 우사단길은 낡고 소박한 옛 골목길과 젊은 디자이너들과 외국인들이 함께 만드는 접속의 지대이다. 조선시대 기우제를 지내던 제단이 있었다는 우사단길 언덕은 근대화 초기에서 시간이 정지된 것 같은 집들과 오래된 이발소와 허름한 분식집 사이에 '공방' '작업실' '공작소' '만물상' 등의 이름을 달고 있는 디자이너들의 작업과 전시 공간들과 특색 있는 카페가 자리잡고 있다. 토박이 노인과 중년의 아주머니와 재기발랄한 디자이너들이 함께 거주하는 이 거리는 이질적인 것들이 만나 다른 생기를 내뿜는 한남동의 새로운 표정이다. 프리마켓이 열리는 이슬람교중앙회 옆 계단에서 보면 저 건너 한남동 언덕은 차라리 권태로워 보인다.

한남동 언덕은 이태원에 비하면 명백하게 고급스럽다. 하얏트 호텔 쪽 한남1동의 고급 주택가와 한강에 가까운 유엔빌리지 쪽 한남2동은 널리 알려진 고급 주택가이다. 한남동이 고급 주택가가 된 것은, 1960년대 군 엘리트들이 모여 살기 시작하다가 70년대 고성장기에 자본가들이 이주하기 시작하면서부터라고 할 수 있다. 한남동이라는 지명은 남쪽에는

한강이 흐르고 서북쪽으로는 남산이 있다고 해서 지어졌다고 하는데, 이곳의 지리적인 장점을 그 이름이 함축하고 있다. 대기업 총수들의 저택이 한남2동에 집중적으로 모여 있는 것은 우연이 아니다. 리움 미술관 서울시 용산구 이태원로55길 60-16 위쪽으로 올라가면 시작되는 이 거리는 아랫동네에서 흔히 볼 수 있는 잡다한 상점들이 거의 없고 고요한 골목과 마치 성채 같은 높은 담들로만 이루어져 있다. 그 담 안쪽 삶의 실제는 알 수 없지만, 텔레비전의 주말 드라마는 이 담 안의 삶을 끊임없이 전시한다. 이 높은 성채들은 미군 부대의 긴 담들과 유사한 방식으로 용산이라는 공간을 쪼개고 나누어 고립과 단절의 장소로 만든다. 사람들이 사는 곳에 있어야 하는 슈퍼, 목욕탕, 미용실, 세탁소, 분식점 같은 것들은 이 골목에는 필요하지 않다. 그 대신에 이 골목들에 자주 발견되는 것은 경비 초소나 방범 초소 같은 것들이다. 행인들이 거의 없는 이 거리의 폐쇄성은 번잡한 이태원 거리와는 전혀 다른 이질적인 공간을 만든다. 자동차를 타지 않고 이 거리를 걸어가보면, 다른 세계에서 온 이방인이라는 신분이 금방 노출된다. 이 거리는 컵라면이나 맥주를 앞에 놓고 슈퍼 앞에 걸터앉는 일 따위는 벌이지 않는다.

이태원 주변에 외국 대사관들이 세워지기 시작한 것은 1960년대 세계 여러 나라와의 외교 관계가 본격적으로 수립되기 시작하면서부터였다. 40여 개국의 외국 공관들은 이 지역을 독특한 분위기로 이끌었고 이에 연관된 직원들의 거주지는 이 주변을 고급 외인촌으로 만들었다. 미군 기지와 인접한 지역적 특성 이외에 한강변 구릉지라는 조건 등이 이곳

에 공관들을 자리잡게 하는 요인이 되었다. '유엔빌리지'는 미국의 원조
기관의 사택이 있던 곳으로 알려져 있다. '외인아파트' '유엔빌리지'라는
이름은 이미 이곳이 그 공관과 관련된 사람들의 거주지였다는 것을 말해
준다. 장기 체류하는 서방 지역의 외교관이나 한국 주재 상사의 직원들
과 한국의 상류층들이 함께 만드는 고급문화. 미군 기지의 동쪽 지역에
외국인들과 부유한 내국인들이 함께 만들어낸 '미국적인 문화'는 한남
대교를 따라 강남 문화를 형성한다. 한남동의 서구식 고급 주택가의 이
미지는 경사지라는 지형적인 특징과 이를 선호하는 외국인들의 취향을
반영한다. 남산 자락에 있다가 없어진 남산 외인아파트도 이런 취향의
흔적일 것이다. 이를테면 미국 여행중의 가이드가 했던 얘기. 한국의 높
은 지역에는 가난한 달동네가 있지만, 캘리포니아의 높은 곳에는 고급
주택가가 있다는 사실. 용산의 높은 곳, 미군 부대 북쪽의 해방촌과 동쪽
의 한남동은 그렇게 서로를 마주본다. 마치 다른 세계의 닿을 수 없는 두
개의 언덕처럼.

　이곳에서의 삶은 두 가지 종류가 있을 것이다. 단기 체류의 삶과 장기
체류의 삶. 두 삶은 다른 언덕에서 마주서 있다. 하지만 장기 체류가 이
지상에 끝도 없이 머물 수 있다는 의미는 아니다. 근원적인 의미에서는
모두가 단기 체류자이며, 아무도 그 언덕에 영원히 머물지 못한다.

　너는 얼마 동안 이 도시에 체류했던가. 너는 이제 어떤 공간도 차지하
지 않으며, 닿을 수 없는 시간 속에 있다.

용산의 옆얼굴

| 동부이촌동

동부이촌동과 서빙고동의 여유 혹은 새침함에 대해 덧붙여야 할까? 용산 국제업무지구 개발이 좌절되어 을씨년스러운 거리로 남아 있는 한 강대로 건너의 서부이촌동의 풍경과 비교한다면, 이 거리의 이국적인 여유를 감지하는 것은 쉬운 일이다. 이곳은 용산의 새침한 옆얼굴이다. 서빙고동에 군사정권 시절의 중앙정보부 분실이라는 무서운 건물이 있었다는 것을 기억하는 것은 어울리지 않을 것이다. 일본인이 만든 우동 집과 일본 가정식 식당, 유명한 스시집 같은 것이 아니더라도 동부이촌 동 거리는 일본스럽다. 이 거리를 '리틀 도쿄'라고 부르는 것은 이유가 있을 것이다. 제3공화국 시절, 강남보다 먼저 새로운 고급 아파트촌으로 부상했던 이 지역은 1970년 한강 외인아파트가 들어서면서부터 지역적 색채를 뚜렷하게 가지게 되었다. 한남동과 함께 외국인 거주 지역, 특히 일본인 거주 지역으로서의 특성을 갖게 된다. 개발 시대 상대적으로 일 찍 들어선 이곳의 아파트 단지들은 이제는 낡아버려서 이곳이 한강 개

발 시대의 최전선이었음을 알려준다. '왕궁' '반도' '삼익' '한강' 등의 예스러운 맨션과 아파트 이름들은 이곳이 한강 개발 초기 단지였다는 것을 말해주며, 이미 재개발에 들어간 아파트와 마찬가지로 재건축 문제를 앞두고 있다는 것을 쉽게 예상할 수 있다.

한강 개발의 역사는 이 도시의 또다른 폭력적인 근대화를 상징한다. 조선 시대까지 한강 주변은 도시의 주변부였고 한강변은 홍수기와 갈수기의 차이가 크고 구불구불하여 큰 마을이 조성되기 쉽지 않았다. 동빙고동, 서빙고동이라는 이름이 말해주는 것처럼 한강이 얼면 얼음을 잘라내어 저장하던 마을 등이 있었을 뿐이다. 식민지 시대에도 원효로 주변이 일본인 거주지였지만 한강 바로 옆은 개발하기 어려웠고, 이촌동 일대의 모래펄은 여의도만한 엄청난 크기였다. 대통령 선거 유세 때 한강 백사장에 수십만이 모여들었다는 얘기는 그래서 가능했다. 한강이 개발의 광풍을 타기 시작한 것은 1968년 '한강 개발 3개년 계획'부터이며, 한강변에 제방과 도로를 만들고 엄청난 규모의 택지를 조성하는 사업이 시작되었다.

이른바 '공유수면 매립공사'는 엄청난 이권을 불러왔다. 이촌동의 거대한 모래펄을 메우고 택지를 만들어 그 땅에 공무원 아파트와 그 당시 최고급 주택인 '맨션아파트'를 짓기 시작했으며, 주택 건설 업체들이 다투어 아파트를 지어 팔았다. 동부이촌동은 아파트의 개념을 고급화시키는 새로운 중산층 거주지로 기획된 것이며, 고위직 공무원들을 입주시키는 정책도 그래서 가능했다. 영리적인 목적으로 강을 매립하는 이런 방식의 개발은 그후에 한강변을 따라 확산되어 서빙고동, 압구정, 반포, 잠실로 확대되어 강남의 역사를 만들어나간다. 한강에 시멘트 제방을 세우면서 나무들을 쓸어버리게 되고, 고층 아파트가 들어서면서 한강변의 시야는 물론 한강으로 가는 길을 막아버리는 문제 따위는 중요하지 않았다. 사람이 걸어서 한강변에 갈 수 있는 방법, 가난한 사람들이 한강변을 산책할 수 있는 방법은 거의 봉쇄되었다. 새로운 중산층 주택을 공급하고, 홍수를 대비하고 도로를 만들고, 건설 사업을 부흥시킨다는 측면에서 이 사업의 수익성과 명분은 의심할 여지가 없었다. 개발 시대의 논리는 그런 의미에서 그 시대의 수준에서만 정당했다. 시멘트 더미들로 뒤덮인 한강변이 다시 사람들이 접근할 수 있는 공원이 되기 위해서는 1980년대와 2000년대에 걸쳐 한강변에 둔치 공원을 만드는 또다른 한강 개발을 필요로 했다.

용산에는 한강을 건너는 여섯 개의 다리가 있다. 한강에 최초의 근대 교량인 한강대교가 세워진 것은 1900년이었다. 일본이 미국인 제임스 모스가 따낸 경인철도 부설권을 인수해 철교를 가설한 것이다. 일본이 경부철도를 완공함으로써 철도 수송량이 급증했고, 1917년에는 용산구 한강로와 동작구 본동 사이의 한강을 도보로 건널 수 있는 한강인도교(한강구교)가 설치되었다. 한강 유역 개발 계획을 마련한 일제는 둑을 쌓았고 한강대교 건설에 착수하여 1936년에 준공하였다. 한강대교는 6·25때 북한군의 침입을 막기 위해 폭파되는 사건을 겪었다. 1960년대에 와서 제2한강교가 들어섰고, 동작대교를 비롯한 수많은 다리가 한강에 세워졌다. 한남동과 강남구 신사동 사이를 잇는 한남대교는 제3한강교라는 이름으로 1969년에 세워졌다. 경부고속도로의 진입 관문 역할을 했으며 강북을 강남대로와 연결하여 강남 지역의 대규모 개발 시대를 열게 한 문제적인 다리다. 이 다리를 통해 한남동 주변의 미국식 고급문화는 강남으로 번져갔다. 반포대교는 한국 최초의 2층 교량으로 1층은 홍수가 났을 때 물에 잠기도록 설계된 잠수교이고 2층이 반포대교이다. 서빙고동과 서초구 반포동을 연결하는 이 다리는 1982년에 완공되었고 강북 도심에서 경부고속도로를 통해 반포로 연결되는 교통량을 감당했다.

홍수가 나면 물에 잠기는 다리라는 잠수교의 이미지는 이 다리를 특별한 것으로 만든다. 비가 많이 오는 여름날 누런 강물에 다리의 대부분이 물에 잠겨 있는 잠수교를 본 적은 여러 번 있다. 잠수교 주위 강변을 산책할 수 있도록 공원이 만들어진 지금도 언제든 물속에 가라앉을 수 있다는 사실은 이 다리의 고유성을 만든다. 잠수교는 사라질 수 있다는 이유만으로 가장 특별한 다리일 것이다. 다리가 어느 순간 건널 수 없게 되거나 사라질 수 있다는 것은 두렵고 경이로운 일이다. 다리는 무서운 속도로 달리는 것들을 무심히 견디는 견고한 장소가 아니라 그 속도의 일부일 뿐이다. 다리는 그 속도와 함께 두 세계를 만나게 하고, 한 세계를 떠나도록 만들며, 언젠가는 스스로 물속에 잠긴다.

한때는 강북과 강남을 잇는 이 다리를 건넌다는 것이 가지는 무거운 의미에 짓눌린 적이 있다. 강을 건넌다는 것의 어려움과 두려움, 강을 다시 건너 돌아온다는 것의 날카로운 긴장감.

몽유처럼 새벽의 다리를 건너지도 못하고 서성거리던 그림자를 '너'라고도 '나'라고도 말해서는 안 된다. 그건 언제든 물에 잠길 수 있는 다리의 운명이 만들어낸 그림자이다.

개발 시대에 지어진 이촌동의 아파트들은 이제 낡아서 다시 재개발을 요구하는 단계에 이르렀다. 한강과 그 주변의 산책로 옆에 위치하고 있다는 이 거리의 우월함은 일본식 문화의 색채와 결합하면서 다른 뉘앙스를 만든다. 유서 깊은 우동집들과 맛있는 빵집들과 7월이면 사람들이 줄을 서게 되는 팥빙수 가게 같은 것이 아니더라도, 이 거리의 표정은 고요하고 여유롭다. 오후가 되면 아이 손을 이끌고 다니거나 카페에 앉아 있는 젊은 주부들이 유난히 많이 눈에 띄는 이 지역은 조용하고 전통적인 부촌으로서의 면모를 보여주며, 세대를 이어 거주하는 삶의 형태를 가진 것으로 알려져 있다. 이 거리의 오래된 '삼익상가'는 평범하고 허름해 보이지만 이 거리의 분위기를 압축한다. 떡집, 반찬 가게, 미용실 같은 익숙한 가게들이 있지만 생활용품을 파는 상점 안에서는 일본 과자나 외국 생활용품들을 쉽게 볼 수 있다.

이 지하상가에 있었던 작은 일본 가정식 식당 미타니야 서울시 용산구 이촌로 26는 회와 와사비를 밥에 얹어먹는 깔끔한 일본식 회덮밥 등으로 유명했다. 이곳의 주인이었던 일본인은 일본 냉동 회사의 한국 주재원으로 일하다가 여기 상가에 일본 가정식 식당을 냈다. 이곳은 한때 한국에 체류중인 일본인들이 가장 사랑하는 식당이자 술집의 하나였다고 알려져 있다. '집밥의 신화'는 한국이라는 타국에 나와 있는 일본인들에게도 마찬가지였다. 오래전 그곳을 찾아간 기억이 다시 되살아난 것은 그식당의 브랜드를 강남 최대의 백화점에서 발견하면서였다. 이를테면 부산에 가서야 먹을 수 있었던 해운대 복국집이 어느 날 강남 한복판의 대형 건물을 차지하게 되었을 때, 선릉역 포장마차에서 줄을 서서 먹던 지독히 매운 '마약 떡볶이'의 체인점을 삼청동에서 발견했을 때, 어떤 반가움 너머의 낭패감 같은 것. 실제로 그 일본인이 직접 운영하는 곳은 이촌동과 용산전자상가뿐이라고 한다. 작은 맛집이 대형 체인점이 되면 장소와 얽혀 있는 하나의 미각은 개별성을 상실한다. 어떤 음식은 아직 한 시절의 감각을 보존하고 있지만 또 어떤 음식은 너무 쉽게 한 시절의 질감을 무화시킨다.

멀리서 보면 삶의 궤도는 결국 어긋나 있고 실재적인 것은 삶의 세부뿐이지만, 세부는 보존되지도 기억되지도 않는다. 이 세계의 속도와 허위를 견뎌야 할 것이다. 나 자신을 견디고 있는 것처럼.

순결할 수 없는 침묵

| 국립중앙박물관

미군 기지의 골프장이었던 곳이 용산가족공원서울시 용산구 서빙고로 185으로 조성된 것은 1991년이었다. 그후 1995년, 국립중앙박물관이 옮겨오면서 공원의 규모는 축소되었다. 가족공원 안에는 크고 작은 연못들이 많다. 골프장의 잔디와 숲, 연못 등을 그대로 두었기 때문에 그때부터 생겼던 연못들이다. 공원의 연못에는 이촌동 아파트 단지들의 기하학적 그림자가 거꾸로 서 있다. 이 공원 안에서 가장 인상적인 것들은 비둘기 이외에 야생꿩, 청둥오리와 거위 같은 낯선 조류들이다. 남쪽으로는 이촌동의 높은 아파트들이 낡은 벽처럼 서 있고 북쪽으로는 박물관 건물 뒤로 광대한 미군 기지가 펼쳐져 있는, 이 녹지 공간에 살고 있는 조류들이란 생뚱맞고 이질적인 존재이다. 이곳의 새들은 마치 거대한 그물 속에 갇혀 있는 것처럼 두꺼운 하늘에 짓눌려 있는 것이다. 생각해보면 조류의 삶을 동경해본 적은 없다.

하늘에서 죽는 새는 없다는 것, 결국 땅으로 내려와 죽어야 한다는 것을 일찍 알았다. 어린 날 조류의 어떤 깊이도 없는 눈을 두려워한 것이 그것 때문인지는 알 수 없다.

국립중앙박물관서울시 용산구 서빙고로 137은 식민지 시대의 총독부였던 중앙청 건물에 있던 것이 다시 옮겨온 것이다. 외세의 주둔지 장소에 '국립' 박물관이 옮겨다닌다는 사실의 기묘함. 박물관은 시간을 봉인하는 장소, 시간을 오래 견딘 것들의 침묵을 전시하는 장소이다. 국립중앙박물관은 그것이 옮겨다닌 두 번의 장소만으로도 참혹한 시간을 견디는 것이 무엇인지를 보여준 셈이다. '국립중앙'이라는 단어들의 관료적인 무게를 떠올리지 않더라도, 세상의 박물관들은 근대 이후의 지배 권력들이 '국가'의 순결한 이념과 '민족 이야기'를 전시하고 구축하는 장소였다. 제국의 박물관들이 자신들의 민족적 우월성을 증명하는 동시에 식민지에서 가져온 타자의 예술품들을 전시하는 이국적인 장소로 구성되어 있다는 것을 상기할 필요는 없겠다. 하지만 그 순결한 이념의 장소가 외세의 주둔지를 옮겨다니거나 여전히 외국 군대의 주둔지 앞에 있다는 것이 어떤 '유머'가 될 수 있을까? 여기는 순결한 민족의 이야기를 전시하기에는 너무 어울리지 않는 '용산'이니까 말이다.

높은 화강암 벽으로 둘러싸인 박물관 건물 외벽은 거대한 성채처럼 보이기도 한다. 그 성채는 아직 이전하지 않은 뒤편 미군 기지의 광활한 땅과 이촌동의 아파트 단지들을 분리하기 위해 서 있는 것처럼 보인다.

박물관의 서관과 동관 사이에는 광장처럼 비워놓은 공간이 있고 이 공간은 남산을 향해 뚫려 있다. 이 공간에서 미군 기지의 담장 너머로 남산을 볼 수 있는 것은 이 박물관 최대의 공간적 배려이겠지만, 그 배려는 박물관 뒤쪽이 광대한 미군 기지라는 것을 짐짓 감추려는 것처럼 보인다. 남산의 오른쪽으로는 미군 부대 내 골프 연습장의 그물망이 마치 거대한 새장처럼 하늘을 덮고 있다. 저녁 어스름이 되면 이 성채 앞에 전시된 작은 석조 문화재들이 조명의 힘을 받아 자신보다 훨씬 큰 거대한 그림자를 벽에 드리운다. 너무 오랜 시간을 건딘 광물적인 그림자들이다.

이 박물관은 관람 거리가 4킬로나 되는 엄청난 규모이다. 박물관의 길고 넓은 통로는 휴일이면 엄마나 선생님과 함께 그룹을 지어 관람하는 초등학생으로 넘쳐난다. 통로에 둥그렇게 모여앉아 설명을 받아 적거나 선생님의 질문에 열심히 대답하는 아이들의 모습은 이곳이 민족 이야기를 학습하는 거대한 학교라는 것을 말해준다. 이 박물관이 소장하고 있는 유명한 고대 예술품들, 이를테면 식민지 시대 총독부 미술관에 있던 삼국시대 '금동미륵반가사유상'은 금동의 재질에 지극히 정교한 형상과 '사유'의 이미지를 부여한 대표적인 유물이다. 이 불상은 날렵하고 우아한 몸의 굴곡과 가볍고 오묘한 손의 곡선, 평온하고 풍부한 얼굴과 신비한 미소 때문에 행복하고도 평화로운 사유의 이미지를 1500년의 시간 너머로 전해준다. 선의 유려함과 탄력 때문에 기묘한 중성적 느낌을 주는 이 불상은, 사유의 형상이라기보다는 사유의 우아한 리듬을 표현하는 형상처럼 보인다.

전통 유물들을 상시 전시하는 이 공간에 아프리카 예술들을 기획 전시한 적이 있다. 예술이라고 하기에 그것들은 너무도 원시적이었지만 독특한 원초적 미학을 뿜어내고 있었다. 이를테면 〈은키시 은콘디〉라는 제목의 남루한 나무 조각상은 수없이 날카로운 것에 찔린 참혹한 모양을 하고 있다. 넋이 나간 듯한 작은 동공과 긴 얼굴, 여러 개의 칼날이 꽂힌 막대기 같은 긴 상체와 짧은 하체로 만들어진 이 형상은 예술품이라기보다는 주술사의 도구처럼 보인다. 수없이 찔린 존재가 강한 주술적 힘을 갖는다는 믿음. 이 아프리카 미술품은 박물관의 어떤 전통 유물보다 훨씬 더 이 공간의 일부로 느껴지는 것이다.

박물관 주변 야외에 배치된 동종과 석탑과 불상 들은 공원의 조경을 위한 장식품 같아 보이기도 하지만, 사실 오래된 문화재들이다. 투박한 듯 보이지만 돌에 새겨놓은 것은 인간의 시간이다. 저녁이면 석탑들은 어떤 제의처럼 이상한 빛을 뿜어내며 가늠할 수 없는 시간의 표정을 드러낸다. 빛의 세계에서 다만 돌덩어리에 불과했던 것들이 햇빛이 잦아들기 시작하면 다른 얼굴을 드러내기 시작한다. 조금 더 은밀한 안쪽 마당에 위치한 불상들은 마치 먼 시간에서 온 시선의 주인처럼 보인다. 한적하고 비밀스러운 마당의 벤치에 앉아 있으면 그 불상의 시선이 관장하는 독립된 세계의 공기를 느낄 수 있다. 불상 정원에 서 있는 불상은 단 두 개뿐이다. '10~11세기의 고려 시대 불상'이라는 간단한 설명 이외에 이 불상들에 대한 정보는 없다. 박물관의 실내에 보관된 불상들의 정교함에 비하면 이 불상들은 정교한 아름다움을 자랑하지 못한다. 왼쪽의 불상이 조금 더 작고 투박하고 어두운 빛을 하고 있다면, 오른쪽의 불상은 조금 더 크고 섬세하며 밝은색을 띠고 있다. 설명할 수 없는 이유로 왼쪽의 불상이 더 여성적인 것처럼 보인다. 이 불상은 얼굴의 형태가 거의 뭉개져 있다. 눈은 위로 조금 추켜올라가 있어서 마치 날렵한 안경을 쓴 것처럼 보이고, 코와 입은 형체를 지운 듯이 희미하다. 표정을 가늠하려고 한참 그 얼굴을 쳐다보면 등뒤에서 한꺼번에 새들이 날아오른다. 누군가의 얼굴은 등뒤에도 있을 것이다. 익명의 얼굴은 풍경이 되지 못하고 한순간 풍경을 뚫고 나온다. 만질 수 없는 모든 얼굴들이 멀고 깊은 시간으로부터 한순간에 되살아난다. 표정을 알 수 없는 얼굴들의 기억이 나를 붙든다. 공기는 조금 더 무겁게 내려앉고 바람은 대나무 숲 쪽으로 숨어든다. 그림자는 더 불안하고 은밀해진다.

불안을 감추기 위해 어두운 공원에 숨어 중얼거리는 사람은 얼핏 스치는 뒷모습에 말을 건넨다. 모든 뒷모습이 너의 것처럼 보일 때, 결국 그게 자신의 뒷모습이라는 것을 알게 될 때.

식민지의 마지막 장면

| 남일당 터

신용산역 2번 출구 앞을 지나는 일은 많지 않았다. 남일당 건물이 있던 터는 용산역과 아이파크몰이 정면으로 보이는 버스 정류장 주변이다. 금은방 '남일당'이 들어 있던 곳은 상앗빛 외관을 가진 5층 건물이었다. 2009년 1월 20일 용산4구역 철거민들이 올라야 했던 망루. 철거민 다섯 명과 경찰 한 명이 숨진 남일당 터_{서울시 용산구 한강대로 84}는 철거 뒤 재건축이 미루어지면서 주차장으로 사용되고 있다. 주차장은 자동차로 가득차 있고 그곳을 관리하는 낡은 컨테이너가 한쪽을 차지한다. 이토록 허술한 주차장을 만들기 위해 그렇게 많은 사람들이 죽었다는 것은 거짓말에 가까울 것이다. 아파트 모델하우스가 들어설 것이라는 풍문도 새로운 거짓말처럼 떠돈다. 주차장의 허술한 철판 담장에는 '책임자 처벌' 등의 페인트 글자들이 반쯤 지워진 채 남아 있고, 빠른 걸음으로 지나가는 사람들 중에 길을 멈추는 사람은 거의 없다. 주차장 뒤의 낡고 더러운 간판들은 해가 지기도 전에 먼저 어두워진다. 이곳에서 보면 동쪽

으로는 용산역과 아이파크몰의 화려한 외관과 그 앞의 재개발 공사를 위한 대형 크레인이 정면으로 보이고, 서쪽 방향으로 돌아보면 이촌역 주변의 높고 호화로운 주상복합 아파트가 우뚝 서 있다. 거대한 개발의 풍문으로 들떠 있는 이곳이 애도의 장소가 되기는 힘들 것이다. 살아남은 자들에게 애도의 지속을 허락하지 않는 곳은 살 만한 세계가 아니다.

2월의 저녁 무렵 남일당 터, 빠른 걸음으로 퇴근길을 재촉하거나 얼어붙은 바람이 불어오는 뒷골목의 술집과 밥집을 기웃거리는 사람들 사이에 서 있어보면, 정말 잔인한 것이 무엇인지 혼란스러워진다. '그날' 함께 있지 못한 사람들의 죄의식인지, 참담한 폭력의 기억을 너무나 쉽게 지워버리는 무감한 세월인지, 그럼에도 불구하고 한 뼘도 달라지지 않은 세상의 맹목인지, 스쳐지나가는 사람들의 마비된 발걸음인지. 시간은 무서운 속도로 지나가버렸지만 누군가의 시간은 2009년 1월에 갇혀 있다. 거리의 버려진 개들이 눈을 껌벅거리는 저녁, 죽은 나뭇잎들이 들이닥치는 버스 정거장에는 2009년의 잿빛 구름이 멎는다.

잘 지내느냐고 차마 묻지도 못할 것이다. '그날'로부터 한 발짝도 나아갈 수 없는 것처럼. 저 캄캄한 시간에 대해 한순간도 등을 돌리지 못하는 것처럼.

사람들은 왜 망루에 오르고 타워크레인에 올라가는가? 혹은 왜 망루에서 불타 죽어가거나 타워크레인 위의 칼날 같은 바람 속에 혼자 서 있어야 할까? 이곳은 말을 박탈당한 사람들의 장소이다. 그들은 누구인가? 그들은 다만 작은 한식당과 호프집과 복집을 생계의 수단으로 삼았던 사람들과, 의식주의 공간을 빼앗긴다는 것이 무엇을 의미하는지 너무도 잘 아는 철거민들이었다. 그리고 그날 마지막까지 망루에 올랐던 사람들이다. 망루란 무엇인가? 먼 곳을 보기 위해 세우는 벽이 없는 시설, 감시를 하거나 방어를 하거나 조망을 하기 위해서 필요한 시설. 벽이 없는 망루 위에 오른다는 것은 역설적으로 더 많은 곳으로부터 노출되고 표적이 된다는 것이다. 망루에 오르는 것은 무언가를 걸어야 하는 일이다. 망루 위에서 맞이하는 시간이란 언제 아래로 다시 내려갈 수 있는지 알 수 없는 시간, 바람이 몰려오는 칼날 위에 서 있는 것, 결국은 혼자만의 망루를 선택해야 하는 순간, 더 갈 데가 없는 시간이다.

망루에 올랐던 사람들은 그 방법 외에 말할 수 있는 길이 없었으며, 경찰관들은 그 작전의 부당성을 말할 입을 갖지 못했다. 이 끔찍한 침묵에 대해 이 공터가 말하는 것은 없다. 시간이 지나 결국 이곳에 높고 아름다운 건물이 세워진다고 해도 이 두려운 침묵은 그 건물을 지탱하는 철근 마디마디에 새겨질 것이다. 그 침묵들은 자라나서 더 큰 침묵에게 다가가 그것을 뒤흔들 것이다. 남일당은 용산 재개발의 종착지이면서, 이곳에서 벌어진 참혹한 근대화와 150년 전부터 시작된 '식민'의 마지막 장면이다. 진출과 개발이라는 이름 뒤의 무서운 비밀들. 모든 참혹한 길들이 여기로 모여들어 오래고 두려운 비밀에 대해 숙덕거릴 것이다.

모든 죽음은 제각각의 이유로 자연스럽지 않다. 죽음을 설명하지 못

하면 삶은 추악해진다. 너의 부재를 설명하지 못하면 나는 무의미하다.

　용산 참사의 역사는 1998년 봄 효창공원의 건너편에 위치한 도원동 재개발 지역에서 이미 시작되었다. 전세 입주자들은 재개발 단지 폐허 한가운데 망루를 세워 가수용 시설을 요구하며 농성을 벌였다. 전경들이 포위한 가운데 물대포를 쏘고 건설 회사 용역들은 기중기에 달린 컨테이너 박스를 타고 망루 꼭대기로 쳐들어가서 농성자들을 끌어냈고, 결국 이곳에는 국내 최고 브랜드의 아파트 단지가 세워졌다. 10여 년 뒤 남일당은 이곳의 데자뷰다. 역사의 기시감이란 망각만큼 잔인하다.

　이곳을 휘황찬란한 재개발의 중심으로 만들었던 개발의 청사진들. 옛 용산공작창 부지를 중심으로 한강 근처까지 이어지는 서부이촌동 부근 거대한 용산 국제업무지구 개발은 100층이 넘는 초고층 빌딩들과 중국을 오가는 여객선 항구를 만들겠다는 가늠할 수 없는 비용이 드는 초현실적인 사업 계획이었다. '단군 이래 최대의 역사'라고 했던 그 개발이 현실성이 없어 좌절된 것은 어쩌면 필연적이었을 것이다. 남일당 터에서 한 블록만 한강대교 방향으로 가보면 '아현' '마포' '덕수궁' 주변에 들어서는 아파트 모델하우스들이 즐비하다. 끊임없이 무언가를 세우지 않으면 안 되는 자본의 주술은 여전히 용산을 지배한다. 개발이라는 이름 자체가 거대한 거짓말이라면, 이 땅이야말로 가장 오래면서 가장 새롭고 거대한 거짓말의 장소였으니까. 남일당에 대한 애도, 이 오래고 끈질긴 거짓말에 대한 애도.

애도는 완결되는 것이 아니라, 어떤 기다림이다. 나는 너라는 부재 속에 대기한다.

남일당 터

epilogue

다른 기다림이 찾아온다

오랫동안 이곳에서는 '식민'의 장면들이 반복되었다. 모욕과 망각의 시간과 폭력적인 개발의 시간이 어지럽게 교차하고 서로를 단절시키는 기이한 공간. 여기는 모더니티의 지옥이며 모더니티의 심연이고, 여러 수준의 모더니티가 한꺼번에 무너지는 장소, 모더니티의 폐허이다. 용산이 여러 겹 시간의 지층으로 이루어져 있다면 지금 벌어지는 것은 그 단층 사이에서 태어난 지진의 사태이다. 지진은 그 지층들을 어긋나게 하고 뒤틀어버린다. 공간은 마치 원래 없었던 것처럼 순식간에 땅속으로 가라앉는다. 지난 60년간 미군 부대가 강요한 것이 이 지역을 진공상태로 만드는 수평성이었다면, 이제 이곳은 통제되지 않는 수직성을 향해 요동치고 있다. 이 무차별적인 수직성의 욕망은 차라리 장소의 부재라고 할 수 있다. 용산의 참혹한 역사는 사실 그 자체이지만, 공간들의 과잉은 사실성을 배반하고 초현실적인 장면들을 만들어낸다. 이곳의 모든 공간들은 과도하며 그 안에 공백을 갖고 있는 장소들은 고독의 환유가 된다.

한 장소의 고독은 다른 장소의 고독과 닮지 않았다. 너의 고독은 나의
고독과 닮지 않았다.

철길의 서쪽에 식물적인 고독이 있다면 철길의 동쪽에 동물적인 고독
이 있다. 이곳의 길은 150년 전부터 순결할 수 없었다. 순결할 수 없음이
다만 절망적인 것은 아니다. 길은 공중으로 뻗어 있는 것이 아니라 모든
역사적 과오처럼 땅에 누워 있다. 길을 구성하는 것은 신념이 아니라 뼈
아픈 사실들이다. 한때의 적산가옥이 그랬던 것처럼, 이곳의 남루한 골
목길과 미군 부대의 높은 담들은 기억 너머로 사라질 것이다. 여기는 매
일 특수효과가 상연되는 거대한 가상 무대와 같다. 도시가 내 영혼의 텅
빈 공간으로 느껴질 때 이 거리는 내게 자기 처벌의 장소가 되었다. 어쩌
면 나는 이 순결할 수 없는 거리의 식민성에 매료되었는지도 모른다. 우
울과 비애의 이유를 이 도시라고 생각하는 순간, 이곳은 차라리 매혹적
인 곳이 되었다. 이 거리의 늙은 비애와 나의 비애는 같은 것이었을까?
어떤 비애는 지나치게 음악적이어서 리듬을 타고 왔다.

용산의 밤, 밤은 계절을 삼켜버리는 시간이며 영원한 망각으로 들어
가는 입구이다. 빛이 사라지면 장소는 오래된 날것의 무기력을 드러낸
다. 익숙한 유행가처럼 저녁이 내려앉으면 불확실한 밤은 슬픔도 아닌
것을 또 기다리게 만들었다. 불면의 밤은 시간도 장소도 없는 세계로 나

를 인도하며 그것은 내가 결국 도달하게 될 세계에 대한 예감에 가까웠다. 오늘 이 밤은 마지막 밤의 유예이자 마지막 밤이 허락한 아직 살아 있는 몸의 증명이다. 밤의 이 집요한 동어반복에는 시적인 힘이 있다. 술어가 없는 무거운 대명사의 밤. 그리고 허술한 술어 같은 새벽이 느리게 왔다. 새벽의 뿌연 공기가 창에 닿으면 밤의 의미작용은 여기서 끝난다. 아침의 무거운 햇살이 지난밤의 두려운 꿈을 거두어갈 때, 150년이 넘는 고독이 한꺼번에 몰려와 나를 짓누른다. 햇살이 떠도는 먼지들을 드러내는 것처럼 내 허약함을 드러냈다. 다시 농담처럼 대낮이 찾아오고 또 거짓말처럼 계절이 지나갔다.

침대 오른쪽에 누군가의 시선이 있다면, 그래서 돌아누워야 하는 순간 돌아눕는 것은 망각도 회피도 아니며, '나'에 대한 망각을 시도하는 것. 이를테면 언표될 수 없는 고통. 말해버리면 치욕이 되어버리는 고통. 누구에게도 닿지 못하는 고통. 육체는 없고 고통의 리듬만 있는 존재가 된다. 그러니까 유령의 생 같은. 유령은 다른 시간대에 같은 공간에 출몰한다. 공간을 점유하지 않고 시간만을 산다. 지금 이 순간을 먼 미래로 만든다. 세월에게 절대로 용서를 구하지 않는다.

어떤 지독한 기억은 이 생애가 끝날 때까지 지워지지 않을 것 같지만 반드시 망각의 순간이 도래한다는 것을 알고 있다. 가장 아름답고 참혹한 얼굴도 마침내 지워지는 시간이 올 것이다. 하지만 그 최후의 순간에도 망각은 그 시간이 있었다는 것을 역설적으로 증거한다. '너를 잊게 된다는 것'은 '네가 있었다는 것'에 대한 증명이다.

그리고 다시 이 길 위에 서 있다. 불타버린 남일당 건물의 빈터를 지나 입체교차로가 27년간 서 있던 그 자리, 두 폐허 사이에서 무엇이 시작될 수 있을까? 길은 희망의 날개 따위를 갖지 않았다는 측면에서 처절하게 진실하다. 길들은 극사실적이며, 혹은 사실의 다른 가능성이다. 더럽혀진 것들과 추방된 것들, 그리고 더이상 돌이킬 수 없는 것들이 길을 만들었다. 길들에 깊이 같은 것은 없다. 길의 풍경 안에서 멀고 가까운 것들과 어둡고 찬란한 것들이 알 수 없는 방식으로 서로 공명한다. 만약 지형 때문이라면, 긴 부끄러움으로부터 길은 절망하지 않아도 된다. 길은 장소 안에서, 장소를 가로질러, 장소를 넘어, 미지의 시간으로 갈 수도 있다. 마지막 가능성은 오랜 치욕으로부터 시작된다. 길고 긴 망각 속에서 언젠가는 알게 될지도 모른다. 그 오랜 치욕이 자신도 알지 못하는 기다림이었다는 것을. 아득한 공간과 시간으로 떨어져 있다 해도 영향을 미치는 어떤 존재가 있다는 것을.

너는 왜 지금 여기 없고, 나는 어디에 있는가? 이런 질문들에 대답하려면, 다른 망각이 다른 기다림이 찾아와야 한다. 너의 부재에 대한 내 몫은 하나밖에 없다. 어떤 이름도 대상도 없이 기다리는 것. 머물지도 못하면서, 그곳으로 떠나지도 못하면서, 같은 기다림을 반복하지 않으면서, 기다림을 망각하는 기다림처럼.

물속에서 다시 조용히 가라앉는 돌처럼. 다른 바닥을 생각하는 돌처럼. 바닥을 잊어버린 검은 돌처럼.

용산에서의 독백

| 삼각지

삼각지 고가에서는 철길과
높은 빌딩들과 오래되고
낡은 지붕들이
함께 보인다.

삼각지 고가를 넘어서
내려가는 육교는 아주
위태로운 모습을
할 때도 있다.

| 효창공원

애국 열사들의 무덤 옆에
있는 효창운동장은
침묵과 함성이 교차하는
어색한 공간이다.

효창공원에는 노인들이
많으며 그 사이를 지나는
가벼운 발걸음도
공존한다.

| 청파동

청파동 골목 안에서
짧은 웃음소리를
따라가고 싶을 때가 있다.

어떤 집은 낡고
비밀스러우며 공중에
떠 있거나 섬처럼
고립되어 있기도 하다.

| 용산전자상가

용산전자상가는
은밀하고 금지된 욕망의
한 시절을 연상시킨다.

이 거리의 오래된
상가들은 나름의
독창적인 방식으로
계절을 바꾼다.

| 용산역

용산역 앞 포장마차촌은
붉은 전구를 매단
가설무대와 같다.

겨울날 아이파크몰 안에서
스케이트를 타는 아이들의
얼굴은 완벽해 보인다.

| 서부이촌동

개발이 비껴간
서부이촌동에는 시간이
정지한 골목들이 있다.

서부이촌동에서 한강
방향으로 가려면 두 개의
철길을 건너야 한다.

| 삼각지 화랑거리

모작의 그림들이 언제나
쓸쓸하고 모호한 빛을
뿜어내는 곳.

뒷골목은 가난한 화가들의
그림자로 얼룩져 있다.

| 전쟁기념관

전사자들의 이름을
빽빽하게 새겨놓은
회랑의 무겁고 어색한
침묵.

어두운 녹색 바닥에
가라앉은 우울의 색채가
산책로를 매력적으로
만든다.

녹사평역

녹사평역의 기하학적 화려함은 거대한 전시장 이나 세트처럼 보인다.

녹사평역 앞 육교 아래는 다른 기다림의 장소가 될 수 있다.

해방촌

오래된 식민지 시대의 계단에서 등이 굽은 할머니가 폐지를 줍는다.

해방촌 높은 곳의 폐허는 시간의 잔해이다.

이태원

이 거리의 잡스러움과 기이한 활력은 어디에서 오는 것일까?

내국인들도 외국인으로 만드는 기이한 이방의 세계.

후커 힐

미군을 상대로 하는 유흥가였던 골목은 여전히 그 시간에 정지해 있다.

이슬람교중앙회 사원은 여전히 다른 세계로 들어가는 문이다.

| 남산

누군가는 아직도 반짝이
는 N서울타워가 어떤
신호를 보내고 있는 거라
믿을 것이다.

단단한 금속으로
만들어진 약속의 징표들은
저녁이면 허술한 풍경이
된다.

| 한남동

한남동으로 가는 길은
환하고 세련된 쇼룸으로
넘쳐난다.

전시공간과 작업공간과
카페가 함께 있는
한남동의 장소들.

| 동부이촌동

동부이촌동 거리의
여유와 새침함은
용산의 옆얼굴이다.

용산가족공원의
연못에는 동부이촌동
아파트 단지가 잠겨 있다.

| 국립중앙박물관

국립중앙박물관은
이촌동 아파트 단지와
미군 기지 사이에
성벽처럼 서 있다.

박물관은 민족 이야기를
학습하는 거대한 교실이다.

남일당 터

남일당 터 뒤편에는
이촌역 부근의 고급
주상복합 아파트가
우뚝 솟아 있다.

허술한 주차장을 만들기
위해 그렇게 사람들이
죽어갔다는 사실이
여전히 믿기지 않는다.